未讀 | 文艺家

未读之书，未经之旅

今日もごちそうさまでした

（日）角田光代 著

陈娴若 译

今天也谢谢招待了

北京联合出版公司
Beijing United Publishing Co.,Ltd.

目　录

冬日非吃不可

我钟爱的美食

| 每个人应该都会有几种从小到大一直特别钟爱的食物吧？ |

羊年女子，食羊

出生在关东地区的我，从小到大几乎没有吃过羊肉，再加上我对羊肉有先天的偏见，也不会因为好奇心而去尝试这种未知的食物，所以长大之后，每当在餐厅里看到菜单上带有"羊"字的料理，我都自动忽略，只看"牛"或"猪"。

而羊肉真正步入我人生的时间，应该是三十岁之后的，那次异国旅行。

在那次旅行之前，我去札幌旅行时，曾经吃过成吉思汗烤羊肉[1]。虽然确实觉得很好吃，但还没达到爱的地步。我真正爱上羊肉，是在令人难忘的希腊。

在希腊，不管是在小摊还是餐馆，那里的食物都非常好吃，肉和鱼都很美味。但令我惊艳到"什么东西这么好吃！"的，却是羊肉。

1. 译注：成吉思汗烤肉是日本北海道最有特色的料理之一，在当地已有一定的历史。

可能是受土耳其影响，希腊的羊肉料理出奇地多。在希腊一落地，第一顿饭吃的就是皮塔肉饼，一种路边摊小吃。从不断旋转的一大块肉上削下肉片，夹在皮塔饼中，淋上优格酱后食用。里面的肉表皮酥脆多汁，一咬下去微微升起一股膻味，真是好吃得不得了。

还有一种料理叫希腊烤肉串。把羊肉穿成串放在炭火上烤，只用盐、胡椒调味，是道非常简单的食物。但着实好吃。我一直以为羊肉很膻，但其实完全不会。它的肉比猪肉更有嚼劲，比牛肉更爽口，醇厚的余韵齿颊留香。

我去了迈泰奥拉，在奇岩上修建了一座修道院，是一个观光景点。这个位于山谷间的村落，不论哪个食堂都不做鱼。可能是淡季的关系，很多店的菜单上都写着"今日只有羊"，其他什么菜都没有。白天吃皮塔羊肉饼，晚上吃羊肉烤串，但一点也吃不腻。羊肉就是这么好吃。

从此之后，肉食族的我喜爱的肉又多了一项。而且，就在我对羊肉的爱觉醒的同时，东京掀起了成吉思汗烤羊肉热潮。在此之前，一说到成吉思汗烤肉，指的都是浸过酱汁、独具风味的肉。但是在这股热潮中大受欢迎的是不浸酱汁的新鲜羊肉。而我在希腊所爱上的，恰恰也是这种不浸酱汁、膻味较小的羊肉。

令人欣喜的是，也许是因为这股热潮，在超市和百货公司也很容易买到不浸酱汁的羊肉。不只是羊小排，还有羊肩排、肩胛里脊、腿肉等按部位贩卖的肉，十分难得。而以前在超市能买到的肉，不是又圆又薄又膻，就是浸了酱汁。

我最喜欢的羊肉吃法，就是只用盐和胡椒调味的烧烤，或是撒上大蒜、迷迭香，再淋上橄榄油的煎羊肉。虽然咖喱羊肉和炖羊肉也都很好吃，但最简单的烧烤还是无可匹敌。

如果去意大利餐厅，我通常只看主菜页的肉类一栏。猪、鸭、牛、羊，等等。我是重量级的肉食族，但并不像外人看来的那样仅限于烤肉。我最爱吃猪肉，其次是羊肉。我的视线只在菜单上的"羊"和"猪"两字之间快速游走，并尽可能地选择烹调得清爽的菜色。

仔细想一想，很多国家都有丰富的羊肉料理。蒙古国是其一，新西兰也不例外。摩洛哥、中国新疆维吾尔自治区也有许多羊肉料理。一旦去到这种国家和地区，光是点餐就令人乐此不疲。一想到今天吃羊肉，明天也吃羊肉，就无比开心。新疆有很多加了香辛料的辣味料理，炒菜和饺子里也都用羊肉，而且每一种都好吃得不得了。

每当吃羊肉的时候，我都会想起自己是羊年出生。虽然没什么关系，但总有种自豪的心情：如此美味的羊肉，能被如此爱吃羊肉的属羊的我吃掉。不过其实并没有什么值得自豪的。

赤坂有一家风格迥异的中式餐厅，每道菜都好吃得不可思议。这里供应一种像原始人漫画里那样的大块炸羊肉。我完全拜倒在它的魅力之下，只要闲下来，我的大脑就会被那一大块肉占满。咸味浓厚、外焦里嫩，着实好吃。只是它那股巨大的气势，总令一起去吃的朋友感到消化不良。

和其他的肉相比，羊肉既便宜又不容易累积脂肪，这也是让属羊的我特别得意自豪的地方。

不经意间，牛舌在眼前

我十八岁时，第一次去烤肉店，那天的情景我到现在都还记得。一位独居的学长说："我家附近有家吃到饱的烤肉店。"于是社团集训之后，我们一行十来个人就前去光顾。记忆中学长住的地方在保谷，是我从没去过的城区，也是从没去过的烤肉店。

如今，像家庭餐厅那种时髦的烤肉店比比皆是，但那时候根本没有一家像样的店。当然，市中心的高级烤肉店虽然富丽堂皇，但学生却无福消受。学长带我去的是一家食堂式的杂乱小店。入口处是一扇毛玻璃格窗，看不见里面。走进室内，从柜台到红桌子、包塑料垫的圆椅子和柜台上方的电视全都油腻腻的。城区里的廉价烤肉店清一色都是这个模样。大约七年后才有七轮[1]那种店出现（就我记忆而言）。每张桌子都设有瓦斯烤架，但也都油腻腻的。

---

1. 译注：日本大阪地区炭火烤肉连锁店。

　　我是自己与他人公认的肉食爱好者，可是对第一次吃烤肉的感想，我却没什么印象，可能是因为进店后发生的一切都把我镇住了吧。用椭圆盘装的大份肉片上桌，男生们像漫画里一样大口扒着盛得尖尖的米饭，白烟袅袅升起，肉片渐渐变少，酱汁四处飞溅，自己也不知不觉染得一身烤肉味。当时发生的每一件事对我来说都是全新的体验。刚从女校毕业的我，对男生这种生物都还觉得稀奇，更别说是"烤肉与男生"的组合，这简直就是一头撞进了未知世界。

　　所以，在那里第一次吃到的牛舌是什么味道，我已不复记忆，只记得第一道端出来的应该就是它。从牛舌开始烤起。

　　后来，烤肉很自然地融入了我的生活。一回神，我已经爱上了烤肉，进烤肉店也变得非常自然，并且第一道菜必点牛舌。不知不觉间，我与牛舌已然成了老相识。

　　回想起来有件不可思议的事。大部分的人第一道都会点牛舌，但每当有人不这么点时——这种情况极为罕见——我都会恍然惊觉："原来也可以不用一开始就点牛舌！"

　　但是，下次再去吃烤肉时真的会从别的肉开始点起吗？却又未必。我还是牛舌为先，且绝无例外，因为那是属于烤肉店的前菜。

　　薄片牛舌、厚片牛舌、葱花牛舌……多种多样，每一种我都喜欢，但最爱的还要数边沿烤得焦脆的薄片牛舌。只有它才能让我感觉到"啊！烤肉开始了"。偶尔会有人自告奋勇地为大家烤肉，这种人在场时决不容许有任何烤焦的状态发生。每次肉明明还有一点粉红，他就说着"这种程度最好吃"，将肉一一放进大家的盘里。对此我很是不爽。平常我对任何事都没什么意见，随人拿主意，只有说到牛舌的时候，我才会把话讲明："我爱吃全熟的，你搁着就行了。"

第一次去专卖牛舌的"根岸[1]"时，我感动万分。被一般烤肉店当作前菜的牛舌，在这里成了主菜，而且是配饭的菜肴。我之前从来没想过牛舌可以配饭，更加没想过牛舌可以拌山药泥，但是，非常对味。

自从吃过"根岸"之后，我在家里吃牛舌时，也必定会淋上山药泥。但麻烦的是，牛舌并非到处都有的卖。时常想吃的时候却偏偏买不到。

说到牛舌，除了烧烤之外，最有名的是炖牛舌，但其实我还没吃过这道菜。并不是好恶问题，而是有个有点无聊的原因。

做炖牛舌的店家本来就少，所以卖炖牛舌的店会以最醒目的方式昭告天下。而这类"炖牛舌"的店基本上都不卖酒，于是我将它们分类为单纯的"炖牛舌店"。但我晚上一定得有酒来下饭，所以只去卖酒的店。西餐厅、咖喱屋或炖牛舌店之类的，我一概不去。

你可能会想，既然如此，可以中午吃啊。但用牛舌入菜的午餐价格特别高，一份炖牛舌差不多就要两千到三千日元。这可不是我理想中的午餐价格。

由于上述原因，所以我至今还未吃过。虽说在外面吃不到的话，自己做也行，但是试做过很多菜肴的我，到现在还未尝试过炖牛舌。

我会从牛舌联想到檀一雄[2]。他曾在《火宅之人》一书中写道："若要说与情妇同居时什么事最无趣，不能随心所欲地做菜最是无趣。"没有购物常识的主角，一气买了一整条牛舌，虽说牛舌确实被撒满了

---

1. 编注：一家在东京地区拥有三十多家分店的牛舌专卖店。
2. 编注：日本著名小说家，曾凭借《长恨歌》《真说石川五右卫门》两度获得直木奖。被称为"最后的无赖派作家"。

硝石和盐，做成了料理，但最后还是被丢在冰箱里变得又硬又柴。书中还有一段："若要说什么最可悲，没有比看着自己做的美食渐渐腐败更可悲的了。"此外，在《檀流烹饪》中他也记载过用牛舌与牛尾做成的炖牛杂食谱。

看过此人的书和烹饪方法之后，不知为什么，我想做菜的心情有所减退。可能是因为看着这位豪迈的作家的文章，读着他那些不是因为想吃，而是为做而做的料理，会有种品尝过的感觉。仿佛主角把冰箱里放到变硬的盐渍牛舌，切了一两片给我享用一般，连味道都体会得到。

也许不久后就会有机会初次体验烧烤之外的牛舌料理吧。到时候我一定会细细品味，把它记录在这里。

便装的鸡，正装的鸡

在我的分类中，鸡肉属于鱼类。

不，我当然知道鸡不是鱼。我的意思是就肉质来说，鸡肉十分清淡，可以归在鱼类当中。当我说"今天想吃肉"时所指的肉，很抱歉，并不包括鸡肉。

这么说，那就是讨厌鸡肉咯？倒也不是，我喜欢吃鸡，把它当成鱼一样喜欢。

在我小时候（20 世纪 70 年代），若要说到大餐，不是牛也不是猪，而是鸡。虽然圣诞节吃鸡肉是沿袭自西方的习俗，但生日会上我们也会吃鸡，比如炸鸡块。我们家会把鸡翅做成郁金香的形状，下锅油炸，并在骨头的地方系上蝴蝶结。

但同时，鸡肉也是家常食物，是最常见的便当菜。

大餐和家常菜，看起来矛盾，实则不然，而这就是鸡肉最迷人的地方。只要在烤全鸡或是烤鸡腿的手持部分加上装饰，或是将鸡翅做成郁金香形，系上蝴蝶结，家常菜就能变成大餐，就算是硬做个样子也没关系。

单纯的炸鸡块，菜品的颜色只有褐色。如果不辅以玉子烧或西蓝花增加色彩，就很容易成为上不了台面的家常菜。

70 年代的妈妈们似乎重视共性多于个性。不，与其说重视，不如说她们其实是觉得大家只要做相同的事，就既自然又轻松。因为，几乎所有孩子的生日聚会菜单都如出一辙，那就是炸鸡块、薯条和散寿司。

她们几乎不曾有"跟大家做得一样太单调了，我来做个意大利菜吧"或是"我家改做豪华的寿喜烧吧"之类的想法。

我想炸鸡块经常在便当菜中出现，也是相同的原因。如果你抓住任何一个跟我同年代的男女，问他："最常见的便当菜是什么？"应该有八成的人都会回答："饭团、炸鸡块、玉子烧。"炸鸡块在便当中就是这么常用。

同样的原料，既能驾驭便装，又能驾驭正装，我想这就是当时鸡肉为什么那么受妈妈们欢迎的原因。

说到鸡，记忆中除了炸鸡块之外，还有另一样，那就是鸡肉串。第一次吃鸡肉串时带给我的冲击，到现在我都还记得。

上小学时，我家附近开了一家可以外带的鸡肉串专卖店。它不是居酒屋，店里售卖的只有鸡肉串。在一个步行就能到肉店、蔬果店、豆腐店、五金店的小镇上开设的鸡肉串店，对孩子们来说就像是登场的大明星一般。

我不知道是当时的习惯，还是那家店的特色使然，店里的鸡肉串没有咸味之类的口味可选，卖的全是酱汁口味。可能是因为镇上第一次有这种店，所以母亲也很罕见地买了回来。当时的我作为说到鸡肉只知道炸鸡块和郁金香鸡翅的小学生，尝过鸡肉串后真的大吃一惊，不禁感叹天下竟然有如此美味的东西！

从那以后，我一放学回家就会缠着母亲："要不要买东西？我帮你跑腿吧。对了，既然出去一趟，要不要顺便买鸡肉串？买点鸡肉串当零食怎么样？"这样一整天执拗地纠缠不停。但为什么非得把鸡肉串当成零食呢？那是因为（母亲独断地认为）它不能当作晚饭的菜。偶尔母亲会同意买鸡肉串当作跑腿的奖赏，有时则坚持不允。就算她同意买，也只会照着零食的分量买个两三根。对小学时的我而言，那是梦寐以求的美食。真希望有一天能把鸡肉串当正餐，爱吃多少就吃多少。

每次有喜事时吃的都是郁金香鸡翅，真希望能有一次换成鸡肉串来让我大快朵颐。现在回想起来，那是个一切从简的时代，我也是个容易满足的小孩，尽管现在变成了肆无忌惮地说着"鸡肉是鱼"的大人。

长大了之后，"不吃饭，只吃鸡肉串吃到饱"的心愿随时都能实现，准确地说它其实已经变得稀松平常了。但在我小时候，这种情形根本无法想象。

对现在的我来说，郁金香炸鸡翅已经不算大餐了。现在过圣诞节，我既不吃鸡也不吃火鸡。生日也用更具肉感的肉食来庆祝。鸡肉不再出现在特别的日子里，而是归入家常便饭里去了。由于鸡肉对我来说是鱼肉的一种，所以每当我想"昨天吃了烤肉，前天吃了猪肉，那么今天来点清淡的吧"时，经常会选择让鸡肉入菜。鸡肉用来做炸鸡块非常简单，也可以加些盐绞成馅后做汉堡肉，用来代替猪肉牛肉的混合肉馅，这样做出的汉堡既清爽又好吃。如果再把软骨用食物处理机打碎成小块，保留些微弹牙口感，混入鸡肉馅中做成软骨汉堡肉，还能摄取胶原蛋白，一举两得。

我前面提过，对现在的我而言，鸡肉已经不再是大餐，但是在招待多位宾客时，鸡肉就会低调地发挥所长。比如叉烧鸡，材料便宜、做法又简单，但看上去却非常华丽。鸡胸肉配上水芹或菠菜，再淋上芥末酱油，就是一道极好的小菜。

我曾经策划过一个"纯"香槟畅饮会，具体时间已经忘记了，我觉得在那种场合，相较于猪肉或牛肉，鸡肉与香槟更相配。所以我很难得地只准备了鸡肉料理和青菜，没想到大受好评。在人们聚集的场合中，鸡肉又悄悄穿上正装，大显身手。

不过，写着香槟配鸡肉的这段文字，我总觉得有点害羞。可能"郁金香炸鸡翅是大餐""鸡肉串吃到饱"的这些稚拙心态还潜藏在我的身体里吧。曾经用炸鸡块庆生、圣诞节大嚼烤鸡腿、便当里放着鸡块的我和同年龄层的男女，即使现在已经长大成人，心中也仍会把鸡肉当作"自己人"吧。

近年来，不论食材还是食谱，丰富的程度都是三十年前所无法相比的，外卖也不再稀奇。孩子们会在快餐店开生日派对，同事们会在饭店准备蛋糕，为你唱生日快乐歌。生日会在家里吃炸鸡块的习惯，仿佛与矮脚饭桌和茶室一样，已经成为遥远的昭和时代[1]的产物。如今信息膨胀，生活变得多样化，世代间恐怕越来越难享有共同的回忆。正因为如此，我对于能够和同年龄层的人共同拥有"鸡肉亲切感"，有着些微的喜悦。

---

1. 编注：日本昭和天皇在位期间使用的年号，时间为1926年12月25日–1989年1月7日。

鸡蛋的热情

每个人应该都会有几种从小到大一直特别钟爱的食物吧？以我来说，最爱的两种食物是鸡蛋和鳕鱼子。虽然我以爱吃肉而闻名，但其实小时候，我近乎疯狂地爱吃鸡蛋和鳕鱼子，吃饭时只要有这两样，就别无他求。现在虽然没有这种想法了，但还是很爱吃鸡蛋和鳕鱼子。尤其是鸡蛋，我的冰箱里从来没有少过它。

年幼时，我都是直接去我家附近的那家鸡蛋农场买鸡蛋。穿过宽敞的庭院，走过养了很多鸡的鸡舍，站在门廊唤一声，里面就会有人出来卖鸡蛋给我。

那些鸡蛋才刚生下来，表面全都沾着鸡毛。所以当我把放在塑料袋里的蛋拿回家之后，母亲做的第一件事就是先把它们洗干净。

忘了是由于我渐渐厌烦帮母亲跑腿，还是鸡蛋农场关门了，总之，在我上中学之后，我们家就改为在超市买鸡蛋了。那些蛋没沾鸡毛，也不用洗。

现在回想起来，突然无比羡慕起那时能向蛋农直接买蛋，然而当时被差遣去跑腿的我，对此却没有任何感觉。

不管怎么说，从小到大，我一直爱吃鸡蛋，爱吃得不得了。每天都想吃，每天都吃鸡蛋料理也无妨。但是，不知从何时起，人们开始说吃太多鸡蛋对身体不好，一天一个最理想，理由是鸡蛋里的胆固醇太多。在我小时候，胆固醇、体脂，这些说法都还没有普及呢。有所得必有所失，得到了智慧，便失去了可以吃鸡蛋的数量。

我到国外旅行，发现鸡蛋并不普遍时，还因此小受打击。不，实际上什么地方都看得到鸡蛋，但是虽然有，却有点不同、不太一样。

就拿早餐来说，在日本，如果旅馆提供早餐，不论是日式、西式还是自助餐，都绝对会有各式各样的鸡蛋料理。煎蛋饼、西式黄油炒蛋、荷包蛋、温泉蛋、蛋卷、生蛋、水煮蛋。

当然，在国外也有鸡蛋料理，但是能看得到鸡蛋的机会很有限。高级饭店的话，自助餐餐厅会有煎蛋卷的服务人员在一旁待命，但在一般的旅馆早餐中，光是能看得到蛋就要偷笑了。

不过，姑且不论由专人烹制的煎蛋饼，在国外饭店遇到的鸡蛋，总像是遭受着轻视，至少我是这么认为的。自助餐厅供应的西式黄油炒蛋不是干巴巴，就是湿答答，大都没有调味，得自己用桌上的盐和胡椒来调味。水煮蛋一定是全熟，很多时候蛋黄都变黑了。从此可以看出日本人对鸡蛋是多么重视。不，应该可以说，日本人对鸡蛋真的喜爱过头了吧。

因为，现在真的很少会看到连蛋黄都变黑的水煮蛋了。煮到恰到好处的半熟水煮蛋才最受欢迎。还有人教过我一套给鸡蛋调味的绝妙吃法。这种调味蛋必须在蛋黄滑嫩如泥的状态下才能进行。除了日本，还能在哪里找到这种滑嫩欲滴的鸡蛋呢？

后来，连对煎蛋饼松软嫩滑的期待，也都成了不太可能企及的梦想。煎蛋饼的发祥地是法国，不过我只在巴黎吃过，那里的煎蛋饼非常"松软"，但不"嫩滑"，从而给我留下了"法国的煎蛋饼只重视'松软'"的印象。我在俄罗斯也吃到过松软到极点的煎蛋饼，不过俄式煎蛋饼追求"松软"之余，不知在里面加了什么，与其说是煎蛋饼，其实更像蛋奶酥。像那种外皮松软、用刀一划蛋液便缓缓流出的煎蛋饼，果然还是日本文化里独有的现象。

不抵触生鸡蛋可能也是日本的特色吧，其中最受欢迎的就是生鸡蛋拌饭。牛肉饭餐厅也从这里衍生出了外加生蛋的服务。我的大学附近有一家咖喱店，只要你在点餐时要求，也会帮你打个生蛋在上面。此外，也许只有我这一辈的人才知道，以前 Oronamin C [1] 的广告，就是在饮料里加了生蛋再喝。

鸡蛋料理中，我最熟悉的是碎肉煎蛋饼，母亲经常做。只要将一起炒过的肉馅和洋葱，包在煎蛋饼里即可。我非常爱吃这种煎蛋饼，自己也常做。我在去泰国旅行时，惊讶地发现了一种极为相似的料理，叫作Khaiyatsai(泰式煎蛋饼)。泰国人习惯在它上面涂上酸甜酱再吃。第一次见到这道菜时，我甚至怀疑我们家祖先是从泰国移民来的。

我查了一下资料，日本一年的鸡蛋消费量竟是世界第一。日本人果然爱吃鸡蛋啊！

---

1. 编注：一种日本生产的能量饮料。

我自己做便当已经差不多一年了，每天的便当里一定会装鸡蛋。如果里面没有鸡蛋，就算我早就知道有什么菜，打开时还是会怅然若失。便当里最常放的是蛋卷。因为蛋卷既可加小鱼和葱，也可加明太子、奶酪或羊栖菜，变化多端，怎么吃都不会腻。赶时间的时候就做西式黄油炒蛋或水煮蛋，到了秋冬，我会在前一晚把蛋浸在高汤、酱油和味啉里，做成调味蛋，当然是半熟的。

每次吃鸡蛋的时候，我都会想到一部关于一位日本女医师在非洲工作的纪录片，里面那位医师总是随身带着鸡蛋四处奔走。休假时带着鸡蛋出门，休假归来时，身上也不忘放着鸡蛋。她说："这是唯一的营养，不能轻易出让。"也就是说，日本的年营养消费量是世界第一。每次想到这里，我总是抱着感恩的心，品尝我最心爱的鸡蛋。

本命盐

居酒屋的料理不算好吃，也不算难吃，由于价格低廉、装潢时尚，因此生意还算兴隆。在那种把菜单设计成毛笔字手写风格的店，菜单里一定会有一道卖弄学问的"笊豆腐"或"寄豆腐" [1]。如果无意间点了这道菜，店家就会端出好几种盐来。

盐是从什么时候开始如此大受瞩目呢？我想应该是在进入平成 [2] 以后吧。很久以前，也就是昭和时代，说到盐，大家想到的都是调味盐。

但这几年，市面上出现了世界各地的盐，冲绳、濑户、伯方、北海道、静冈，不只是日本，还有法国、蒙古、越南、中国西藏、西伯利亚等国家和地区。而且种类也很丰富，像是海盐、湖盐、岩盐等。

---

1. 译注：制作豆腐时，在它凝固的瞬间不放入模型固定而直接舀出就是寄豆腐，放在竹篓中的就叫笊豆腐。

2. 编注：日本明仁天皇的年号，从 1989 年 1 月 8 日沿用至今。

随着盐的种类增加，也产生了"蘸盐而食"的新味觉革命。

换句话说，就是烤肋排、烤横膈膜[1]，蘸盐（以前用日式酱汁）；吃天妇罗，蘸盐（以前用天妇罗酱油）；吃豆腐，蘸盐（以前用酱油）；吃炒面，蘸盐（以前用西式酱汁）；相扑火锅，蘸盐（以前用味噌或酱油）。"盐很好吃""这个蘸盐吃更好吃"。这十几年，人们渐渐领悟到了盐的好，如果只有调味盐的话，就无法如此深深体会到盐的美妙。

几年前，我曾打定主意要把调味料研究透彻，不管是酱油，还是味噌、味啉，还是盐。但种类实在太多了，实在难以一一测试。所以我想，只要试上个几种，找到合乎自己口味、与我常做的料理相搭的种类，就把它定为我的私房调味料。

我依此选定了几种，比如味啉和醋。

但剩下的种类还是太多，很难一一确定。像是味噌和盐。

没错，盐。

盐的世界很不一样。虽然我知道盐的种类很多，但未免太多了。光是冲绳的盐，就分为宫古产、石垣产、久米岛产的。而且，盐这种东西，只要在菜里放上一点就会有很鲜明的味道，买回一整袋的盐根本没法马上用完。要是一下子买好几种回来，如果没有品盐师帮你鉴定，也无法清楚分辨出它们的不同特性。

到最后，我放弃了，完全放弃，干脆什么盐都行。我不想再选了，因为选了也记不住。在我马上就要发脾气的时候，去年，我遇到了一

---

1. 编注：即牛的横膈膜部位，但在日式烧肉中亦指广义的内脏部位。

种盐，当时就让我觉得："就是它了！"

在去年的写作取材之旅时，我参观了位于日本熊本县天草群岛的"Salt Farm"盐场。说起来，为什么这家盐场会列入取材行程完全是个谜。不过我还是去了，还拜托他们让我参观了制盐的过程。本来还有些担心夏天制盐会很辛苦，但到了试吃成品时，我心中剩下的只有惊讶：盐的味道竟然这么复杂。

最初含进嘴里时、咀嚼时、融在舌尖上时、咽下去时，味道完全不一样，并非仅有咸味。

这里的盐分成两种，一种是先用大锅生火煮过，把水分煮掉，再铺到太阳下晒干；另一种则是直接用太阳晒干。两者结晶大小不同，试吃比较下，味道也不尽相同，让我有些许感动。

这家盐场还卖一种可携带的盐，黏乎乎的却有个迷人的名字，叫作"好摄盐[1]"。他们送给了我一罐当作礼物，没想到的是，这包盐在我后来的取材旅行中大展神威。

那天晚上，我们去了整个小镇上仅有的一家烤肉店，那里的肋排和横膈膜平平无奇，唯独里脊肉出类拔萃，几乎让我这肉食女感激涕零。美中不足的是，用来配里脊肉的酱汁，我怎么吃都觉得是市场里卖的那种黏稠发甜的烤肉酱的味道。"这家店为什么要用市场上卖的酱汁啊！"在场的朋友不约而同地出声抱怨。就在这时，我灵机一动，想起了"好摄盐"。我们互相使了使眼色，把工房送的盐撒在肉上，闷头吃起梦幻般的里脊肉，安静得令人窒息。

---

1. 译注：日文品名为"ナイス塩ット"，为英文"nice shot（射得好）"的日文发音"ナイスショット"的谐音。

后来，这种盐也多次展露才华。在九州岛，虽然各地口味有别，但几乎都惯用微甜的溜酱油[1]。第二天我们去的居酒屋也是，生鱼片蘸的酱油是甜的，烤饭团也带着淡淡的甜味。吃惯了的人也许不会有什么别的想法，但对于一生只造访过两次九州岛的我来说，还是不习惯甜酱油。于是我偷偷拿出随身带着的盐，撒在烤鱼、生鱼片、烤饭团上，然后才得以由衷地赞道："嗯，真好吃。"

被选盐困扰已久的我，最后终于做了决定，把这种天草盐当成我家的常备盐。就算还有其他更美味的盐，或是与各种菜肴一一相配的更多种类的盐，我也不再变心。尊重第一次的感动，今后也会一心一意地使用它。当我如此决定后，心情便豁然开朗起来。原来，有太多选择也是一种折磨。

当然，我的包里也一直带着"好摄盐"。跟我一起吃饭的时候，如果有什么食物想蘸着好吃的盐吃，不妨说一声："借一下盐。"我一定毫不吝啬。

---

1. 编注：在豆曲中掺入盐水完全发酵后酿造的味道浓重的酱油，类似老抽。

谢猪

　　有一次参加谈话节目，在最后的观众提问环节，主持人问大家有没有什么问题的时候，有位观众举起手，说："我有问题想问角田小姐。"我伸直背脊，不知他想问什么。他说："请说说你最喜欢的肉类排名。"我正色回答："最爱的是猪肉，然后是羊肉、牛肉。"

　　比起这二十年的文学变迁，或是小说与社会的关系，这问题简单多了。但我还是有一点点害羞，毕竟今天的主题并不是谈吃肉。

　　肉类中我最爱的是猪肉，猪肉比牛肉清爽，但那清淡中却又有股无穷的滋味。尤其是肥肉，带着独特的甜美。不知有没有人赞同我的看法。我从小就爱吃猪的肥肉，甚至连家人吃剩的肥肉我都拿来吃。那是种徐徐化开的、暗藏的清甜。所以吃炸猪排的时候，我也宁舍小里脊而选大里脊肉。

　　让我领悟到料理有爱的，就是猪肉。这里所说的爱，并不是对烹调者的爱，而是对原料的爱。举例来说，我很不擅长炖鱼，学了很多年才上手。但对于猪肉，我从第一次下厨就没有失手。炖肉、炸猪排、姜烧、饺子、叉烧、煎肉、凉涮猪肉，不知什么缘故，几乎所有用猪肉做成的料理，我都能不看食谱直接做出来，从未失败。可能是因为我对猪肉比对鱼肉更有爱吧。

还有，我对于自创料理——也就是无名小菜的制作也极不擅长，冰箱里剩下的青菜或鱼，如果用自创的方法烹调，都会做成稀奇古怪的玩意儿，但唯独猪肉一定没问题。比如把鳕鱼子和奶酪放在炸猪排用的里脊肉片上煎，做成"最爱食物烧烤集"；或是把多余的青菜用薄猪肉片卷起来，用酱油、酒和味啉等兑成的甜辣汁炖煮成生菜猪肉卷；也可以用泡软的芸豆和西红柿罐头炖猪肉块。另外我还会用猪肉代替牛肉来做俄式酸奶猪肉[1]。

我做猪肉料理已经到了随心所欲的地步，怎么做都好吃，而这应该归功于我对猪肉的爱吧。任何事都一样，只要有爱就能一帆风顺，料理也不例外。

话说猪肉也有品牌之分，并且这十几年品牌数量有大幅增加的趋势。从鹿儿岛黑猪开始算，还有梅山猪、TOKYO X、三元猪、白金猪、亚固猪、摩奇猪、玫瑰猪肉、伊比利亚黑猪[2]……不胜枚举，还有相当多没吃过的品牌。肉店贩卖时会标示品牌。因为太爱猪肉，所以每当看到标示时，都会想要了解它们各自的长处。

---

1. 编注：原名为"beef Stroganoff"，斯特罗加诺夫牛肉，为油煎牛肉块佐以酸奶酱汁的典型俄式料理。
2. 编注：均为日本知名猪肉品牌或品种。

有段时期，我曾暗暗发愿想当一名专业品肉师，买下各种名牌猪肉分析它们的味道。哪种肉适合炸猪排，哪种肉适合姜烧等等，我希望自己能不假思索地一一道来。

后来我渐渐有了些了解。TOKYO X 很爽口；伊比利亚黑猪味道浓厚，几乎可以进入牛肉之列；三元猪虽然清淡但仍保有猪的甘甜美味……我只了解到这种程度。不管买了哪种猪肉，到入口的阶段总是以"好吃"告终，吃完就忘光了。亚固猪，好吃。TOKYO X，好吃。三元猪，好吃。完毕。我没办法记住各种猪肉的味道并加以比较，谁叫它们全都那么好吃呢？

"要是有一间'猪肉吧'就好了啊！"我做起了白日梦，三餐全是猪肉料理，而且把不同品牌的猪肉一字排开，让客人不再品酒而是品猪肉。如果有这种店，就能了解每种品牌的差异了。

想到这里，我记起有家涮猪肉店，虽然还没到猪肉吧的地步，但它确实提供了不同种类的猪肉给客人选择。虽然每天选用的品牌不同，但也有数种品牌供客人指名，以品尝不同的味道。好友带我到这家店去过好几次，我怎么吃都觉得狭山丘陵的樱桃猪肉味道最佳。但是，我完全不记得那天还有什么其他的猪肉，以及与它们相比，樱桃猪肉哪些方面更胜一筹。脑中就只记得："啊，好吃。"

幸运的是，我家附近的猪肉摊也卖樱桃猪肉。虽然我已完全不记得原因，但我家大部分的猪肉料理，都是凭着我对樱桃猪肉的好印象，从这里买回家烹调的。

我钟爱的另一个猪肉品牌，是埼牧的黄金猪肉，即名为"埼玉种畜牧场埼牧火腿"的猪肉。我偶然在离家稍远的超市买到这种肉，好吃到令人大吃一惊，忍不住把丢掉的塑料袋捡回来，看看到底是什么肉。味道浓郁得恰到好处，味道清甜品质上乘。不管和其他青菜一起炒，还是水煮，都能完整保留猪肉的味道。最令人吃惊的是价格。它的价格低廉，完全不像品牌猪肉。

不管是奶酪还是盐，一旦种类和价格膨胀得过度，就会令人厌烦。只有猪肉，我对它的全部都满怀感激，来者不拒。每当在柜台或餐饮店里看到陌生品牌的猪肉，我都会感到雀跃。果然这就是爱，博爱的爱吧。

春的喜悦

初遇野菜一年后，今年很早我便期待春天的来临。

为竹笋犯罪？

我初学会下厨是在二十六岁左右，当时的我对各种烹调方法都充满热忱，只要是自己能做的菜肴，什么都想做做看。不论是饺子皮还是比萨饼底，只要学会了做法就一律自己做。竹笋也是，知道竹笋可以连皮买回来自己煮后，我就马上去买了一棵巨大的带皮竹笋。我也因此才发现，咦，不论竹笋有多大，剥了壳之后都会变得很娇小。

食谱上说，竹笋的涩味重，所以要和辣椒、米糠一起煮，于是我跑去很远的地方买了米糠回来，开煮。

比起袋装竹笋，自己煮的竹笋果然更有一番风味，留存的一丝苦味也很可口，口感也大不相同。"不论什么东西，多花些心血时间总是比较好。"这是我当时的领悟。

但是，自己煮的竹笋有个缺点，很容易坏。

我把煮过的竹笋和辣椒、米糠做成竹笋饭后就把它们给忘了，让它们在保温状态下待了一整天。最后打开电饭锅时，果不其然，里面长毛了。

从我学下厨到现在，已经过了十年，虽然还是喜欢做菜，但是已经没有当初那种挑战精神了。真正感受到这一点，是初春时我在蔬果店的货架上发现竹笋的时候。

我常去的一家蔬果店，卖的竹笋有两种，一是店家自制的水煮竹笋（漂在水里，不做包装），另一种是还带壳的竹笋。"带壳的竹笋，用米糠煮了，真是好吃啊！"我这么想着，但还是买了水煮笋。"我要买笋。"我说。店家半开玩笑地推荐带壳的："当然是买这种吧。"我答道："哦不，我要水煮的那种。"

因为，为了煮竹笋，还得去买平时很少用到的米糠，麻烦到令我有些抵触。因为米糠这种东西买回来，除了做豚角煮[1]外，我想不出还能拿来做什么。而且，煮过米糠的锅，洗起来非常麻烦。

丧失挑战精神的我，现在都是直接买水煮竹笋。

竹笋饭是我特别喜欢的一种什锦饭。光是放竹笋和油豆腐皮就很好吃了，再拌入鸡肉会更加可口。还可以把竹笋、油豆腐皮、鸡肉分别煮好后拌入饭里，或是在饭快要煮熟时再放入配料，做法数不胜数。但最棒的是不管用什么做法，失败率都很低。像我这种懒鬼，通常都把竹笋、油豆腐皮、鸡肉一起下锅煮，然后和米一起放进电饭锅。用这种粗里粗气的做法做出来的也很好吃。

撒点柴鱼片做成土佐煮、若竹煮[2]，炸成天妇罗，可以做西式，

---

1. 编注：是杭州东坡肉在日本的变种。在炖肉时加入米糠，可加速肉质的软化。
2. 编注：土佐煮、若竹煮均是日本春季的传统竹笋料理。

也可以做中式，样样都好吃。就算只是烤一下，热乎乎地咬上一口，"咔滋咔滋"的清脆口感，赞！

最令人吃惊的，就是竹笋居然可以搭配泰式咖喱，并且简直是天造地设。我第一次吃到泰国咖喱是在 1987 年。为什么会记得那么清楚呢？因为它给我的冲击太大了。那种甘甜，以及惊讶于在咖喱里放入竹笋和萝卜居然这么好吃，给了我双重冲击。现在，我做泰式咖喱时，一定会放竹笋。算是对第一次吃到时那种冲击的回馈之情吧。

去年，朋友给我送来了一些刚摘的竹笋，说是他自己去摘的。好久没碰到这种带壳的竹笋了，不知为何它看起来特别有气势，可能是因为层层叠叠的竹笋壳看起来像是高档和服吧。

送来的包裹中还附上了山茶叶。朋友在信中写道，只要把竹笋和山茶叶一起煮，就能去掉涩味，不需要用辣椒和米糠。

按照朋友说的那样煮过之后，我大吃一惊，涩味真的被去掉了！而且，锅里也不会被米糠黏得一团糟，事后清理起来也很简单，真是方便极了！而且自己煮绝对比外面卖的水煮竹笋好吃。

我一定要抓住这个机会，抛弃懒惰的习性，从下次开始就用山茶叶来煮吧。对，就用山茶叶，以后再也不买水煮竹笋了，每年春天一定要自己煮竹笋。

下定决心后，问题又来了。我家和办公室附近都没有山茶树。我边走，心里边念着：山茶、山茶、山茶。好不容易找到了，正感狂喜时，却发现那是别人家院子里的山茶。就算只需要两三片叶，随便把别人家的山茶叶摘回家，也不太好吧。这是小偷行为吧。哪能为了吃竹笋，就去当小偷呢。

　　踌躇苦恼了半天，最后还是没办法伸手摘下别人院里的山茶叶。
于是今年，我还是去买了水煮竹笋。

初遇野菜

　　我和野菜的初次相遇非常晚，算起来竟是去年。去年我四十一岁。到了四十一岁我才对野菜开了眼界。

　　以前，野菜对我来说等同于野草。虽然也许有人会吃，但是对我来说，那就是长在路旁的植物。而且并不是我们日常可以看到的路旁，而是在我们视野之外的，丰饶的大自然中。在远方的一条小路旁生有野菜，而那里的人们也吃野菜，这并不足为奇，毕竟人各有所好嘛。一如以往，我的想法傲慢无礼，十分抱歉。

　　为什么突然之间开始重视从前看也不看一眼的野菜呢？最大的原因，是我每天购物的地点，从超市改到了个体店。

　　去年，离我家最近的那家超市展开环保运动，每次购物时结账人员一定会问："您需要袋子吗？"我两手空空，一看就知道需要袋子，但他们还是照问不误。实际上，他们（应该是在店长的要求下）是在用反语表达"请自备购物袋"这个意思。

这心口不一的话，和每次回答"我要袋子"产生的微微不快，让我有种窘迫的无力感。于是决定以后不再去这家超市。

不去超市不仅没有任何不便，反而更加便利了，我可以在词达意到的环境中生活。在蔬果铺、肉店、酱菜店等个体店绕上一圈，"全放在一个袋子里吧""可以帮我放进这里吗"，光是这种关于袋子的真心实意的对话，就足以令人安心自在。而且，个体专卖店的食材无疑更新鲜、更美味。俗话说"想吃麻糬就去麻糬店"真是亘古不变的真理。

我常去的那家蔬果铺，每个工作人员都是朝气蓬勃的。他们会主动对来买蔬果的客人一一介绍："今天的西蓝花很好哦。""今天的卷心菜才一百五十日元！不买就亏大了。"也有主妇问："这个要怎么做才好吃？"他们的回答十分详细："这种菜跟油很搭，用猪肉和味噌去炒，或是用虾仁加盐去炒都行。"真是帮助很大。

最初他们推荐给我的野菜是野当归。我本来以为所有的野菜事先处理起来都很麻烦，但店里的人告诉我"剥了皮用盐搓洗，水煮后再用冷水冲过就行了"。听起来似乎相当简单，于是买了回家试试看。用清淡的高汤煮过后，它那清香中带有一丝苦涩的味道，让我有生以来第一次体会到野菜的价值。

后来每到春季，我就把野菜吃个遍。不论木芽、款冬花蕾、款冬，还是野当归，来者不拒。

说到这里，我想起以前奶奶做的佃煮[1]款冬枝，又黑又咸，美味可口。于是经常遵循着印象，做黝黑的佃煮款冬枝，有时煮款冬花蕾忘了撒盐，就干脆做成暗褐色的款冬味噌，就这样立刻进入了天天吃野菜的日子。

不过爱吃油腻食物的我，最喜欢的还是野菜天妇罗。一般的野菜天妇罗，如茄子、紫苏，或是牛蒡配胡萝卜，对我来说简直就是儿童套餐。而我自制的天妇罗里，就只炸野菜。所以我也只在春天才吃天妇罗。相见恨晚，就很容易情不自禁。

去年最让我感动的是一种叫漉油[2]的菜。这种菜也是那家蔬果铺的店员教我的。"不用处理，用麻油炒，然后把酱油和手边的酒洒一点进去再翻炒，最后撒一点七味粉[3]就可以上桌了。"这位蔬果铺的大姐非常清楚，我有一边喝酒一边做菜的习惯。

我照着大姐的说法试做，结果出人意料地好吃。有点苦味，但是也有水芹的清爽和难以形容的醇厚浓郁。野菜竟然会有如此浓郁的味道！并且烹调方法还这么简单。

连着在外面吃了几天后，有一天我终于决定亲自下厨，于是到蔬果铺去，抓着那位大姐不由分说地问道："上次你告诉我的那个漉油，是什么东西啊？"

"那是一种野菜，只有这个季节才有。但因为熊很爱吃漉油的果

---

1. 编注：是一种传统日本家庭式烹调方式，在小鱼、贝类肉、海藻等海草中，加入酱油、调味酱、糖等一起熬煮，味道浓郁突出，常用作佐饭配料。因发源于佃岛而得名。
2. 编注：五加科落叶乔木。嫩芽可食用。长于山地。日本特产。
3. 编注：即七味唐辛子，是日本料理中一种以辣椒为主材料的调味料，是由辣椒和其他六种不同的香辛料配制的。

实，所以得与熊抢着采呢。"她答。

"今天有吗？上次那些好吃极了。"

"那个啊，时节已经结束了呢。真抱歉啊。"

看来漉油菜出产的时节只有短短的一瞬。我在心底决定："等明年一定再来买！"

初遇野菜一年后，今年很早我便期待春天的来临。二月底开始，蔬果铺的货架上就摆出野菜了，但价格太贵，我没有下手。并不是舍不得花钱，而是时令还没到。价格开始下降时才是购买的时机。目前我已经迫不及待地做了白煮野当归、炖煮款冬和油豆腐，还炸了许多令人眼前放光的天妇罗。现在正天天来回巡逻，等待漉油菜上架。

虽然这么晚才认识野菜，但是能够认识它们真是太好了。

不论什么事永远都不会太迟。咀嚼着某个人的这句名言，我体味着这个春天。

可爱的新洋葱

我的理论是，任何事物只要加上一个"新"字，就变成了另一种东西。

新牛蒡与牛蒡不一样，新土豆与土豆不一样，而新洋葱，当然也与洋葱不一样。"新"会在三月到五月左右出现，喜欢"新"的我，这段期间虽然外表看来还是过着和平常一样的生活，但内心却是非常焦急。

三月到五月必须吃的食材多不可数：蚕豆、野当归、木芽、款冬花蕾、竹笋，等等，这些食材，一眨眼就会从蔬果铺的货架上消失，所以在这段很短的时间内一定要吃到。

对于洋葱，我没有特别的感触。既不喜欢，也不讨厌，可以说根本没有思考过它。这种日常随时都用得到的蔬菜，冰箱中基本都会有存货。虽然经常吃，却丝毫没有感觉，但是冰箱里少了它就不对劲。

只要发现空了就会感到烦躁："怎么搞的，怎么会没了呢！"

但是，我从没有深思过洋葱有什么作用。为什么南瓜、胡萝卜、西蓝花、菠菜等各种浓汤中必须加洋葱呢？为什么咖喱、炖肉、焗烤里也不能缺少洋葱呢？为什么土豆沙拉加了洋葱，就能锁住味道？区区一介剩菜的洋葱，为什么碾成泥做的酱汁会这么好吃？洋葱总在背地里活动，但靠它单打独斗的菜实在太少，导致我经常忘了它的威力。

不过，新洋葱不是这样。

新洋葱如果炒来做浓汤实在太奢侈了，做咖喱、炖肉、焗烤也都觉得太可惜，不舍得用。反正不论是炒或煮，总觉得用来做这些都太浪费了。加在土豆沙拉里，虽然是生吃，但也有点小小的浪费。洋葱泥做的酱汁，呃，勉强在容许的范围，但那也绝不是"因为剩下"才做，而是想着"我们用新洋葱做好吃的酱汁吧"而带着热烈的心情动手的。

光是加了个"新"字，洋葱怎么会升级到这种地步呢？

因为，新洋葱当真与众不同。

它的外形可爱，像阿拉丁神灯一样的形状，表皮尚未转成褐色，附着的泥土之下透出白皙的光泽，着实惹人怜爱。

洋葱虽然能够保存很长时间，但用同样的方式保存新洋葱，却一眨眼就坏了。新洋葱这种闹别扭的小情绪也很是可爱。

总之，不管怎么看新洋葱，都觉得可爱极了。就像刚出生的宝宝，不愧被称为"新"。

新洋葱与洋葱最大的差别在于辣味较淡，带有爽脆微甜的口感。最好吃的方法还是生吃，比如做成沙拉。

平常我感觉不到沙拉的必要，也没特别想吃，但有了新洋葱，就会想吃沙拉。拌入海带芽、小鱼干做成日式沙拉，或是撒些油渍沙丁鱼做成西式沙拉。另外，加入用麻油、醋、酱油、豆瓣辣酱调成的酱汁，也能成为中式沙拉。

有一次在居酒屋喝完酒，几个人到男性友人家去玩时，他把新洋葱切成薄片，撒点柴鱼片，倒一圈酱油，就做成了一道简单的小菜。我看了心底有点感动，暗忖没想到这个人挺有两把刷子嘛，动作利落，味道又清爽。刚吃完大餐之后，这种清淡口感正恰当。同时，也是道绝佳的下酒菜。

如果换成洋葱，会是怎么样呢？可能大家到最后都会迟疑着不动筷子吧。如果不先煮一次，洋葱还是有些辣口。如果他因此去煮洋葱，我也会觉得"这男人还真勤快啊"。不管哪一种，都不会影响我对他本人的评价，只不过是单纯的感想而已。新洋葱水润、清脆的口感，不自觉间会展露出一种潇洒的气质。而洋葱辛辣、粗涩的感觉，却会让人没来由地感觉无趣，会忍不住说出"就没有别的做法了吗，比如撒在番茄上之类的""不如跟维也纳香肠一起炒吧""拿出鲔鱼罐头来拌一下吧"等厚脸皮的话。

不过，我也要为洋葱说几句话，冰箱里不能少的绝对是洋葱，而不是新洋葱。若要问哪种更实用，答案也一定是洋葱。哪种给我们的恩惠更大，当然也是洋葱。如果只有初春收获洋葱，而一年四季盛产的都是新洋葱，相信很多人都会大伤脑筋。

如果把新洋葱比喻为婴儿，洋葱比喻为中年人的话，就比较好理解了。世上如果都是中年人，就会像褐色一样暗淡无光，但是他们能维持最基础的运作。如果都是婴儿的话，婴儿们自己也都受不了吧。

　　而婴儿最可爱的时期，总是转瞬间结束，成长为幼儿、儿童，成为少年、少女，不久后也会变成目中无人但不可或缺的褐色中年人。我也希望自己安静而低调地努力，成为一个不可或缺的中年人啊。

初鲣 DNA

四月半刚过，鱼摊上开始摆出鲣鱼，令人也跟着兴奋雀跃。初鲣[1]，非吃不可。

我并不是特别爱抢头彩，但不知为什么，一说到鲣鱼，就会被一种莫名的原因激起"非吃不可"的心情。同样是鲣鱼，照理说返游时节的鲣鱼才是"非吃不可"的。并且，返游鲣鱼[2]的油脂较多，所以作为"嗜油女"的我应该更爱返游鲣鱼才对。然而，令我欢心期待的还是初鲣。

买回来的大块生鱼，用平底锅稍微煎一下就可以做道简单的拍松鲣鱼肉。不过，相较煎鱼，我更喜欢直接切成生鱼片。斜切成厚片，将大量新洋葱铺在上面，然后准备大量野姜（蘘荷）、生姜、大蒜、

---

1. 译注：在春天时顺着日本暖流，从南方回游北上到日本近海的鲣鱼。
2. 译注：秋季捕获的鲣鱼。春夏两季北上后，在秋季南下返回时被捕获的鲣鱼。

紫苏叶、细香葱、辛香料，搭配起来蘸酱油吃。蘸柚子醋吃也不错。配上韩国辣酱，做成韩国风味也很是可口。

有段时期我很着迷于腌鲣鱼，把洋葱、蒜泥和鲣鱼放进塑料袋，淋些酱油，然后隔袋搓揉，等它入味再吃。大蒜的香气带有强烈的吸引力，好吃得停不下筷子。

话说，初鲣从江户时代就受到百姓的喜爱，留下许多川柳[1]。比如："就算，典当老婆，也要初鲣。"

当时鲣鱼似乎是蘸芥子酱来吃的。又比如这句："初鲣，少了芥子，泪涟涟。"

我也依葫芦画瓢，试着蘸芥子酱吃了一次，好吃是好吃，但还是更习惯蒜泥生姜的吃法。

可能我以前从哪儿听过这些川柳，所以对初鲣反应过度。又或是江户时代人们培养的初鲣DNA，流在我们的血液里吧。我们体内藏着的江户DNA，到了四五月就开始骚动起来，要吃初鲣，非吃不可。更何况现在的初鲣又不是太贵，不用典当老婆就能吃得起。

鲣鱼不只能做生鱼片，还能做成许多种热菜，比如加生姜煮成鲣鱼角煮，沾上面包粉做炸鱼片，加西红柿做成煨鱼。有位朋友请我到他家做客，招待了我一道这样的鲣鱼料理。那美味虽然令人赞叹，但真要自己动手做时，"好像很浪费"的念头却一直挥之不去。最后我们家吃鲣鱼，还是都生食。

鲣鱼做成西式风味也很有魅力。意式生鱼片虽好，可以我的刀工

---

1. 译注：日本诗的一种，类似俳句，但较偏向口语。

实在难以把鱼切成薄片，所以经常只把鲣鱼切成生鱼片的厚度，用洋葱泥、大蒜、柠檬汁、橄榄油，加点盐和胡椒拌成酱汁，倒在盘底，然后把鲣鱼肉铺在上面。再把蛋黄酱装入塑料袋剪个角，挤成细条做成装饰上桌。这道菜我经常做，酱汁带着橄榄油的黄绿色，与鲣鱼的红恰成反比，非常漂亮。

不过，仔细一想，鲣鱼并不是一种存在感很强的鱼。

当被人问到"喜欢什么鱼""喜欢什么口味的握寿司""做成生鱼片的话，喜欢哪种"时，鲣鱼好像都不是我们心里的第一个答案。

回想小时候，我和各种鱼类都有过密切接触的回忆。比方说，我和鲔鱼的那段蜜月期；因为有骨头，而不想吃的秋刀鱼的回忆；还有早餐经常打照面的竹筴鱼的记忆；以及对"在二十五岁以前从没见过"的河豚的执念。但是，对鲣鱼的记忆，却是空白。

开始独自生活、亲自下厨之后，才会在鱼摊前意识到"啊！有初鲣"。但回想从前我和鲣鱼之间的关系时，却是一片模糊。我以前很偏食，对食物的好恶非常明显，然而，对鲣鱼却不太想得起来。

偏食期我坚决拒吃的鱼有个共同点，就是有骨头的青背鱼。而我稍稍讨厌的鱼都是白身鱼，所以，不在这两者之内的鲣鱼，照理说应该归入喜欢的那一类。然而，我却完全没有"哇！今天吃鲣鱼"的印象。

其实，即使现在，一头热地大啖鲣鱼也只是四月到五月。进入梅雨季之后，鲣鱼就会被我远远地抛在脑后，一心只记挂着马面鱼啦、比目鱼啦、海胆啦、斑鰶鱼的季节要到啦，是时候去寿司店啦，等等。目光完全转向了别的海鲜，很少再想起鲣鱼，所以至今它在我心里难说有什么地位。

话虽如此，鲣鱼让人怀念起江户时代，它的重要性还是没变。在这个季节，我们在 DNA 的引导下站在了鱼摊前，尽管时代和环境都已今非昔比，但人心还是有些不变的情感存在。而能让我恍然领悟到这点的，也只有初春的鲣鱼和土用时节[1]的鳗鱼了。

---

1. 译注：在日本，立春、立夏、立秋和立冬的前十八天称为土用，夏季的土用时节吃鳗鱼，已是一种习俗。

一年一度芦笋季

一到五月就变得心神不定。快到了吗？还没到吗？就像这样心神不定。

因为芦笋邮购的时节到了。

芦笋是向北海道订购的。它从出现到消失，速度快得惊人。明明蔬果铺的摊子上一年四季都看得到芦笋，但是真正的时节竟只有这么短，每次都令人深深感叹。不过，可没工夫耽于感叹，如果不抢先订购，很快就会被一抢而空。

芦笋接受订购的时节，大约是四月中旬过后到六月初之间。在这一个多月的时间中能订购几次，对我来说，就像一场挑战。因为它是生鲜食品，不能一次大量进货，所以只能以最小单位五百克订购一次，吃完了之后再买。如果能让我订到三次，我就会心满意足地感叹："啊，这个春天真美好。"

　　我大约是在十年前才领略到北海道产的芦笋的威力。一位家乡在北海道的朋友，分给我一些他母亲寄来的芦笋。我吃了之后，惊讶得差点发出怪声，毫不夸张。真的，完、全、不一样。跟我所吃过的芦笋完全不一样。柔软度不同，脆嫩感不同，香气不同，风味不同，嚼劲不同，甜味和余韵也不同。哪来的这么神奇的东西？

　　以前，比起芦笋本身，我更喜欢用它烹调出来的菜。像是用黄油炒过的火腿竹笋，或是铺满白酱的焗烤，撒满奶酪粉和温泉蛋的沙拉，烤猪肉芦笋卷，还有烧烤屋里烤制的整根的芦笋，全都十分可口。

　　但是，北海道的芦笋美味爆表，令人舍不得拿来烹煮。混入了黄油或白酱的味道，简直就是浪费。

　　北海道芦笋最美味的吃法，是汆烫。对，就这么简单，汆烫！之后再蘸点盐或蛋黄酱等个人喜好的调味料就行了，就算什么都不蘸也一样好吃。

　　必须注意的是汆烫的时间。北海道产的芦笋非常娇嫩，如果汆烫的时间比汆烫一般芦笋还要长，就会白白损失掉难得的清脆感。有一次我照汆烫一般芦笋的感觉来汆烫，结果变得软趴趴的，虽然并非不能吃，但着实后悔不已。从此之后，每当汆烫邮购来的芦笋时，我必定绷紧神经，守在灶台前寸步不离。实验的结果是，汆烫一分钟多一点就恰到好处。粗枝大叶的我，不管是煮意大利面还是炖肉，从来没有试着计算过时间，但汆烫芦笋时，我可是瞪大眼睛一直盯着表。

　　最近我迷上了和汆烫法同样清新的清烤烹调法。我常光顾的居酒屋有一道"烤芦笋"，是向他们偷师来的。不过店里是用毛刷在芦笋上涂一层油，然后放在炭火上慢烤。而我则把芦笋放在烤鱼用的网架上清烤，不涂油。并不是因为顾虑卡路里或是别的什么理由，纯粹因为我没有毛刷，所以才省略掉这道工序。

由于芦笋焦得很快，必须小心盯着。一旦出现微焦就立刻翻面。每个面都烤过一轮后取出，趁热蘸盐吃。就像纯氽烫一般，好吃得令人想要欢呼"Viva Asparagus（竹笋万岁）"。

如果不邮购，而是从一般蔬果铺买芦笋的话，有时会带有一定的赌博性质。有的太老，有的又太硬，最可气的是，你得吃下去才能发现。尤其是纤维多的老芦笋，我真是恨得牙痒痒。偶尔买到又老又柴的芦笋，我都会气得直跳脚。

不过北海道来的芦笋绝不会如此，每根都有稳定的水平，低风险高回报。对了，不知各位知不知道，芦笋吃多的话，尿尿会有芦笋臭味。听说有人不会，但我会。

芦笋中含有天门冬氨酸，具有促进新陈代谢的效果，也有利尿作用，所以尿中会带着芦笋味。据说天门冬氨酸也有消除疲劳的功效，所以每次吃了芦笋，尿尿出现芦笋味时，我就会觉得："真棒！""真棒，生效了！生效了！"

到了六月中旬，芦笋邮购季节告终，我也不再疯狂进食芦笋，回到在蔬果铺买一束四五根芦笋的日子。不论焗烤、热炒还是沙拉，不再计较做法，尿尿也不会再出现芦笋味。然后，继续默默等待明年芦笋季的来临。

白芦笋完成的革命

对我们这一辈的人来说，白芦笋都是罐装产品，几乎与"不好吃"同义。罐头里的白芦笋又蔫又烂，一股罐头味，还带点微酸，令人不理解它的存在意义是什么。

当然，一定也有人喜欢那种软软烂烂的口感吧。但大部分人应该都会下意识地觉得："这什么玩意儿！"和对罐装樱桃的看法一样。

反正，对我来说，它就只是单纯的装饰品。在餐厅点菜，就算白芦笋被用作菜肴配饰端上餐桌，我也不会夹来吃。

这是因为这样，我想我们这一代人在各自成长之后，都亲临过白芦笋的革命。

白芦笋革命，指的就是被非罐装白芦笋惊讶到感动落泪，进而清楚意识到"我已今非昔比"的瞬间。

我忘了地点在哪儿了，只记得是六七年前的意大利餐厅。朋友帮所有人一起点了白芦笋作为前菜。认为"罐装白芦笋＝不好吃＝无法理解其存在意义"的我，还小肚鸡肠地想"还真有这种人啊"，随即默默决定"爱帮人点菜的人……算了，我的那一份给别人吃好了"。

我真是无知，真是蠢啊。

上菜时，服务生给每个人一根煮到熟透再用黄油略炒过的白芦笋。数量少得可怜，本应该让给别人的白芦笋，结果却被我秒杀，并且让我大为惊骇。

这是什么东西呀？白芦笋不都软烂不堪吗？然而这种带着微甜，与黄油十分搭配的浓郁口感是怎么回事？如果这是白芦笋，那其中肯定隐藏着什么跨时代的白芦笋阴谋！比如说有个白芦笋大王之类的人物认为，若是让太多人知道它的美味，白芦笋会绝种，所以决定把它当成秘密，并且偏心地决定，意大利人可以知道，法国人可以知道，但是不能告诉日本人。由于这个阴谋，我们只吃得到罐装白芦笋。直到近年，那位大王因为换届或其他原因，由一位博爱宽宏的大王继任，他认为"这么好吃的东西，应该让全世界的人知道"。于是改弦更张，让日本人也能吃到生鲜的白芦笋。一定是这样的。

……呃，其实一定有更合理的原因，但是，即使没去那家意大利餐厅，现在初春时节也都能在蔬果铺的摊位上看到生鲜的白芦笋了。这种光景在二十年前，真的打着灯笼都找不到啊。

白芦笋的事前准备很麻烦，要用加了醋的滚水煮，或是煮过后就那么浸在水中直到冷却，所以我很少买，几乎都是在餐厅才吃。但有一次，一位朋友来我家，简简单单三两下就用它做成了一道菜，给了我极大的鼓励。她没做任何事前准备，用了极寻常的手法烹调。她所做的白芦笋料理，是意大利面。先将意式培根快炒，然后将在意大利面锅中稍微焯过的白芦笋丢进炒锅一同翻炒，最后加入煮好的意大利面和鲜奶油就完成了。做法十分简单，但非常好吃。

从此之后，我不再考虑繁复的准备工作，也学着买白芦笋回来做菜。

而其中最好吃的，还要数水煮后用黄油快炒。另外也可以加些奶酪烤制，与鲜奶油的味道也很搭。

但就新食材来说，平常大概只能想得出这种做法，不太能做出花样。不过，这样就够好了。毕竟这时节不吃的话，又得等到明年才吃得到。

另外，白芦笋其实是隔绝阳光的芦笋，不知大家是否都知道这个常识。我知道的时候，心里还想："哪有这种事！"简直像开玩笑嘛，不晒太阳所以才变白吗？

我有几个北海道的女性朋友，肌肤大多白皙美丽。所以我常会觉得她们是"无意的心机"。大体上，这两者应该是同样的道理吧？绿芦笋会不会觉得白芦笋的白也是"无意的心机"呢？哎，我说笑啦！

世界土豆之旅

土豆的坚忍，着实令我佩服。

不论什么地方，都看得到土豆。什么地方都有，它不挑地方生长。我去非洲内陆的国家马里时，这个没有海的陆上之岛，鱼类非常稀少，市场里以肉为主，鱼只有干货。水果和蔬菜先别说种类，连颜色都很单调。不过，土豆的种类倒是很丰富。有圆的、椭圆的、小的、红的、白的，各个品种的土豆都有。到了餐厅，也一定会有土豆作为配菜。

是的，日常生活中感觉不太出来，反倒是去了异国，才让我领悟到土豆的威力。

十年前到爱尔兰旅行时，也曾被泛滥的土豆吓到。超市里的土豆区大概有东京的五倍大。不管到哪家餐厅，一定都不忘附上土豆。即使到中国餐厅点炒饭，炒饭旁也会堆了小山高的土豆，我忍不住笑了：

"用到这种地步吗？"正是在这个地方，我认识到了土豆泥的美味。

前些时日，我从海参崴一路旅行至巴黎，土豆在这些地方也发挥了不小的作用。邻近俄罗斯的波罗的海三国更是处处土豆。

这三国中，最富土豆风情的是与波兰国境接壤的立陶宛。土豆料理是这里的招牌菜。

我点了一道土豆煎饼，出来的煎饼竟有三份大阪烧那么大。"好大！"我忍不住惊呼出声。送饼来的大婶笑说："呵呵，连明天早餐的份都算进去了。"不过，那个分量，看起来应该不是开玩笑。盘子里还附带了些许酸奶油。

这道菜还真好吃。切成细丝的土豆，不知用什么方法被和到一起，烤成圆形。外皮酥脆，中间松软。带着淡淡的咸味，不用加料亦可，就着酸奶油吃，再多也不腻，好吃又没负担，三张我都吃得下。

当地还有一道名菜，叫作赛普里奈[1]。

从形状上来说，它其实就是削了皮之后直接水煮的土豆，上面浇上加了培根的白酱。我为了吃它，特地到一家以赛普里奈种类丰富而闻名的餐馆去。赛普里奈的变化主要在酱汁，比如奶酪酱汁、碎肉酱汁和洋葱酱汁等。我点的是培根蘑菇酱汁。

用刀把它切成两半，就会发现里面包着的肉丸。哇，令人垂涎欲滴。挖了一块送入口中，咦，怎么怪怪的？外侧的土豆面团和可乐饼的做法不同，是加入了相当比例的面粉或其他什么材料混合做成的，

———————

1. 编注：立陶宛的国菜"Cepelinai"，因其形状酷似德国人齐柏林(Zeppelin)发明的齐柏林飞船而得名。用土豆面团和乳酪做成，有的还填有肉馅，煮熟后配以酸奶油酱、培根和猪皮，吃到胃里给人的感觉犹如自己吃了艘巨大的飞船。

十分黏软。就像"米粉糕"那样黏乎乎的。虽然并不难吃——事实上它已算是相当好吃了——但就个人的喜好而言，我觉得面粉少混一点会更好吃。

我在邻国波兰没有那么鲜明的土豆印象，不过从波兰到了维也纳之后，附在维也纳炸肉排旁的土豆沙拉，则又好吃得令人叫绝，我不禁跟店员说："请教教我这道沙拉怎么做。"这家店很小，是一位老爷爷和两位大婶经营的，提供有机食材制作的料理，葡萄酒也非常香醇。大婶告诉我，这道土豆沙拉只须"把土豆水煮后，切成数块，混入切成丁状的紫洋葱，再倒一点牛肉清汤，用南瓜子油拌匀，最后撒上盐和胡椒"就好了。

说起来，相邻的德国也以土豆闻名。"日耳曼土豆"中的日耳曼，啊，原来指的就是德国！我竟然现在才注意到。

接着，维也纳的下一站是阿姆斯特丹，出现在一般快餐中的可乐饼与土豆在这里远近闻名，甚至有专属的自动贩卖机。

不少走在路上的行人，都拿着类似爆米花的倒圆锥形纸盒边走边吃。在吃什么东西呢？原来是土豆。切成大块的土豆，蘸的不是番茄酱，而是蛋黄酱。不过，可乐饼在快餐店可找不到，得到餐厅才有，但它的面衣香脆，内馅浓稠，很像日本的奶油可乐饼，一吃难忘。

别误会，这趟旅行的目的，并不是为了研究世界各地的土豆。

旅行归来时已是春天，蔬果铺前又摆出了新土豆，令人雀跃。最后介绍一道我喜爱的新土豆料理。这道菜是我十五年前从杂志上学到的，此后几乎年年都做。

把切得稍厚的培根，和洗干净的新土豆（连皮）用油炒熟，倒入高汤、砂糖、酒、酱油，盖上锅盖焖煮。等汤汁减少，将剥了皮的水煮蚕豆撒入，最后丢一块黄油进去，简直好吃得没话说。就像每次母亲旅行后，一定会忍不住咕哝"还是回家最好"一样，吃这道菜时，我一定也会喃喃道："各国土豆料理虽好，但还是日本菜最好吃啊！"

脑内奶酪

　　说到奶酪，我就会想到《阿尔卑斯山的少女》。这部动画片是在我小学一年级时播出的，我是它的主人公海蒂的忠实粉丝，还把她画在了我作文本的封皮上。直到现在我都能把她画出来。

　　每次演到海蒂吃饭的场景时，总会出现奶酪。在爷爷的山顶木屋里，海蒂他们经常会吃融化了的浓稠奶酪。

　　干草床、白面包和化开的奶酪都是我向往多年的东西。

　　我的童年处在六七十年代，当时奶酪只有一个种类，就是再制奶酪。有的是切成六片，有的则是羊羹状，形状虽不同，但味道都一样。羊羹状的奶酪需用专用刀来切，切下去之后奶酪侧面会呈现波浪状，很有奶酪的感觉。当然，在大城市的市中心应该有各种各样的奶酪吧，但我们这种住在偏远地区的一般家庭，只有再制奶酪可吃。像海蒂家那种用锅煮得浓稠如浆的奶酪，恐怕得到瑞士山中才能吃得到。

后来，可融化的奶酪问世。光是"可融化"三个字便令我感动。它虽然和海蒂的奶酪完全不同，但好歹可以融化。放在面包上烤热后，咬一口还会牵丝。这种"可融化"的奶酪，薄薄的呈四方形，一片一片分别包装。现在市面都还有售，所以没那么令人怀念。

得知奶油奶酪的存在时，我十分开心，虽然是奶酪但带着些许甜味，还能用来做奶酪蛋糕！不过，我很狡猾，把做法教给了母亲，之后就只负责吃。

在我上大学前后，正是奶酪种类混乱到极致的时候，像是卡芒贝尔、车达、农夫、马苏里拉，或是蓝纹、白霉，还有帕尔马，搞得我头昏脑涨，分不清什么是什么。记得某次在餐厅里，饭后点了一道奶酪，服务生问我："洗浸奶酪可以吗？"我惊讶地反问道："啊？奶酪还能洗吗？"

后来，奶酪的种类不断增加，我已经放弃去逐一记忆了。反正现在到处都有奶酪专卖店。

第一次看到奶酪专卖店时，我曾怀疑过："一般人有那么常吃奶酪吗？这种店应该很快就倒闭了吧。"但没想到奶酪店一家接一家地开，那种得用专用刀切的羊羹状奶酪，现在想必已无立足之地了吧。

我最常用的是四叶牌的刨丝奶酪。并不是因为喜欢，而是我常光顾的店只卖这个牌子。

不只是焗烤或鱼贝鸡米饭，奶酪还可以裹在水煮青菜上去烤，夹在汉堡肉里，包在饺子中，放在煎蛋饼里，夹在火腿蛋的火腿与蛋之间。若是心情好或时间充裕的话，也可以做比萨或法式咸派（咸派很简单，但烹调起来却莫名地费时间）。

简言之，我喜欢黏稠的奶酪多于固体奶酪。看到马苏里拉奶酪融化时会兴奋不已，但是对西红柿与马苏里拉奶酪凉拌的沙拉，却完全无感。

不久前，办公室附近有家咖啡馆，年轻女性趋之若鹜。我几乎天天都在这里吃午饭。因为，这家店每天变换的菜单共有四种，其中一定有一道焗饭。比如"水煮蛋与粗绞维也纳香肠焗饭""菠菜肉丸焗饭"。没有焗饭的时候，就会推出"牛肉奶酪咖喱加蛋"或是"奶酪滑蛋牛肉烩饭"，总之一定有一款料理中放了奶酪。菜单上的"奶酪"二字充满了诱惑力。不过，这家店突然消失了，令我非常怅然。毕竟很少有餐厅像他们那样爱用奶酪。

只有一种融化的奶酪令我失望，就是奶酪火锅。

奶酪火锅最接近我向往的奶酪。因为那就是在《阿尔卑斯山的少女》里看到的奶酪。第一次有机会吃到它时，我简直开心得快要流泪。那就是我从七岁起便梦寐以求的海蒂奶酪……

脑海中，海蒂的奶酪是世上最难以企及的极致美味，但是现实中的奶酪火锅却完全无法满足我。关键是，泡在奶酪中的怎么能是青菜和面包呢？"肉！肉到哪儿去啦！"我在心中呐喊着。

何时才能在现实生活中遇到那种能让我确信"啊！就是这个没错"的海蒂奶酪呢？

还是说，我脑内的味觉早已战胜了现实？

牛油果赌局

比起我所出生的昭和四十年代，现在出现了许多不熟悉的食材，这点我在前面也经常提到。牛油果便属于早期的不熟悉的食材，小时候虽然不太有机会见到，但二十岁以后便很常见了（顺便一提，在晚期出现的不熟悉的食材有洋蓟、罗马花椰菜等）。

不知道牛油果是如何出现在各位面前的？它是以"蘸山葵酱油很好吃"的印象出现在我面前的。所以，我一直认为就和布丁配酱油吃起来像海胆，或是黄瓜配蜂蜜有哈密瓜味这种自欺欺人的吃法一样，牛油果也是属于冒牌系的食物。牛油果的确与山葵、酱油的味道都很搭，口感也很像鲔鱼肚。

它长得又黑又凹凸不平，剥了皮之后才露出绿色。摸起来黏黏的，如果是在我偏食的那段时间，一定会对它敬而远之。就算尝了一口味道，也绝对绝对绝对不会再吃第二口。但不知道为什么，第一次吃到时很容易就接受了它，而且也还算好吃。但总觉得它是冒牌系食物。想吃鲔鱼肚，但口袋空空的时候，才会不得已地用它蘸山葵酱油来吃。

没多久之后，我发现自己错了。我没用山葵酱油，而是把它放在了普通的沙拉中，吃到口中时便发觉"咦，牛油果本身的味道就很好吃嘛"。而且它还超级有营养，不仅有维生素、矿物质，还富含食物纤维。但由于热量也很高，所以不能吃太多。

若是把它剥了皮放在一边不管，马上就会变色。不过只要往上面挤一点柠檬汁，便能保持鲜绿。用牛油果和水煮虾仁加上蛋黄酱拌成的沙拉十分可口；牛油果与鲔鱼做成韩式生肉料理，配白饭吃也很美味。另外也可以把奶酪放在牛油果上烤，或是连同虾仁、水煮蛋切丁，用春卷皮包起来炸。

赴墨西哥旅行时，我尝到了无比美味的牛油果酱。这是一种将牛油果打成泥，加入青辣椒、西红柿、洋葱、香菜做成的酱。他们会将它配着墨西哥玉米饼、玉米片，或夹在饼里吃。这酱有时也和牛排搭配出现，应该是道高热量的料理，不过，结实弹牙的牛肉，和浓稠、稍带辣味的牛油果酱，口味非常合拍。

我不会看西班牙文菜单，总是靠直觉点菜，再加上有时会在小摊上吃，所以经常不知道食物的正确名字，不过不论是用玉米饼卷肉和蔬菜做成的卷心三明治，还是夹着外皮烤得酥脆的鸡肉的皮塔饼里，都会加牛油果酱。我的味蕾在很多地方都受过它的关照。

走笔至此，我忽然发现牛油果虽然美味，但烹调上却不太费事。

基本上，只要把它切一切，蘸点酱油就能下肚。牛油果酱虽然有着多种风味，做起来却也很简单。

不过，买牛油果时则需要很大的勇气。

并不是卡路里高的关系，而是从外表很难判断它是否熟得刚刚好。

从小父母就严格教育我，买东西时绝不可随便乱摸。蔬菜不能碰，包装好的肉不能捏，桃子之类更是耳提面命绝不能摸。这个规矩深植于心中，以致现在我对碰触商品有种排斥心理。倚仗长年的经验，就算不碰桃子我也能买到好货（虽然也失败过），但是选牛油果，我却做不到。

一般牛油果的包装上都会留一个透明窗口，让人可以通过窗口看到包装里牛油果的颜色，从而作为选购的参考。但是真有人会仅凭这个参考去买牛油果吗？不，应该肯定会有吧。但是我不会，因为没有用。那里面的牛油果，根本找不到几颗是窗口里所展现出来的那种颜色（所以才会留这么个窗口吧），就算有一部分是合适的颜色，但其余大部分不是太绿就是太黑。

既然如此，那该怎么挑呢？我的方法是抱着罪恶感轻轻一捏。重点就在"捏"，这力道不能把它捏凹。靠这一"捏"，若是传到手心的是柔软的触感，就可以吃了，但若是太软也不合格。分寸的拿捏非常困难。毕竟它属于我不熟悉的食材，就算是"初期"，也还是有难度。

用刀切入牛油果的心，顺着果核绕一圈，它就会啪的一声像胶囊一样打开盖子。这时候若是发现"啊！还没熟"或是"熟得过头了"，就会产生一股深深的失落感。该怎么形容呢？真的是沮丧到连自己都惊讶的地步。"啊，哎……哎……真烦"，心情如此这般。因为，没有别的食材可以替代牛油果，我想做的料理也只好放弃，只能再去买一颗。而且就算再买回来，结果说不定也是一样。

　　因为这个，我虽然爱吃牛油果，但买它的频率却相对少了许多。

　　不知何时，卖绿色食品的超市请了一位年轻小哥来做收银员。偶尔他摸到篮子里的牛油果时会跟我说："我想这颗可能熟过头了，我帮您换颗新的吧。"然后快步跑去，帮我换了一颗回来。真厉害啊，我有些被他触动了。不光因为他那种专业的禀性，还因为他光是从篮子拿出来就能判断牛油果成熟度的那份敏锐。

　　我也希望拥有牛油果专用的敏锐度啊。若能如此，我就能更频繁地吃牛油果了。纵使卡路里很可怕……

正牌的夏天

|夏天的餐桌上一定不会少的，就是毛豆。|

玉米冲动

常听人说，农作物的品种不断被改良，蔬菜的味道都变了。我从小是个讨厌吃青菜的孩子，以前"讨厌"的那些，现在大部分都慢慢地接受了。比如，以前的胡萝卜土味更重，还有一股怪味；小黄瓜青涩的味道更重，西红柿比现在更酸。但如今整体上都变得更甜、没有怪味，变得更可口了。我以前最讨厌的就是那种怪味和它们各自浓重的味道，所以我对于蔬菜味道变化的感叹，以及对旧时味道的怀念，都不甚强烈。

不过，有一种食材，我忍不住要大声抗议："未免也变得太过分了吧！"

那，就是玉米。

我吃玉米的机会并不多，虽然小时候，它经常会作为点心出现在夏天的餐桌上。但长大后，尤其是搬出来独居后，便几乎连买都不会去买。用牙啃玉米的吃法，很多成年女子应该都唯恐避之不及吧。不仅会塞牙缝，而且啃光的玉米棒总会让人觉得有些悲凉。归根究底，玉米本来就不是料理中的必要角色，真有需要，买冷冻玉米还更方便些。

但尽管如此，有些时候还是会没来由地想吃它。不是一早便被全数剥下来的冷冻方便玉米粒，而是想要能够整根抓起来啃的那种。当全身上下都感受到夏天来临时，我就会时常萌生啃玉米的冲动。

大约在四五年前吧，在这种冲动的驱使下，我在超市买了玉米。但刚咬了一口，便不禁想要大叫："喂！你这味道也变得太多了吧！"

怎么会这么甜？甜得就像是人造食品或是加工食品，总之就是有人动过手脚后的甜。简直像糖果，令人愕然。

我说："玉米啊，你以前不是这样的啊。没有甜得这么黏腻吧。你怎么会突然变成这副德性呢？"真想对着一列一列黄澄澄的玉米粒好好劝解一番。毫不夸张，它真的就是那么甜。

现在的人比以前更爱甜味。苹果、胡萝卜都比以前甜，外面卖的梅干几乎都是甜的。打开电视，艺人和主播不管吃肉、吃米饭、吃虾仁，都用"甜"来表达，甜就相当于好吃的意思。战时甜食不足，像是年糕小豆汤或牡丹饼都是做梦也吃不到的点心。从这一点看来，也许是因为日本人认定"甜"就是富裕的代名词吧。什么食物都甜，难道就是因为日本人在追求富裕吗？我是这么想的。

但是，玉米真的太甜了。甜得甚至让我有点愤怒，这么甜做什么！

因为甜得太嚣张了，我突然不安起来。该不会从以前玉米就这么甜，只是我忘记了吧？

　　为了求证这一点，第二天我去绿色食品店买了几只看起来不太精致的玉米来吃。果然没有那么甜，令我松了一口气。从此以后，每当受到玉米冲动的诱惑时，我便会去绿色食品店买。并且，只要看到写有"甜"这个字眼的宣传语，我就绝不会买。不时会遇到有人开心地说："有以前的西红柿的味道。"或是"对啊，没错，胡萝卜就得这种味道才对。"我现在终于能明白他们的感受了。

　　关于玉米，以前都是煮着吃，当发现蒸的玉米更好吃后，我便也改用蒸的。其实并没有多费多少工夫，蒸好后只要再撒点盐就很好吃，着实简单。

　　不过，还是很难抛下玉米是儿童食物的印象。仔细想想，它鲜艳的黄色本身就很孩子气吧。而吃法上，豪迈地用手抓着啃，只有小朋友才适合。

　　夏日的祭典上，一定少不了烤玉米的摊子。喷香的气味总能吸引路过的行人，但我从来没吃过。章鱼烧、大阪烧、棉花糖、刨冰、烤鸡我都吃，可是烤玉米，我只会觉得"嗯，好香"便没有了，连食指都不会动一下。因为一看就觉得它是麻烦的代名词。不但酱油会把手和嘴弄得脏兮兮，而且还会塞牙缝。边走边吃很碍事，别人看了很滑稽，吃完了也得找地方丢玉米棒，等等，要应付的事情太多了。

　　不过，小孩可以尽管吃。小孩子的字典里没有应付事情和麻烦这几个词。"哦！好香哦。"只要这么一喊，爸妈就会买给他，随他吃得满手黏乎乎。然后第二天早上喜滋滋地向父母和朋友报告，排泄物里有鲜黄色的东西。正牌的小孩，正牌的夏天。

茄多酚

　　直到彻底长大成人之前，我都非常偏食，所有青菜全都不爱吃，唯独茄子，我从小就很喜欢。可能是因为茄子有很多能够搭配油和肉的做法吧。我母亲最常用茄子做的菜，是炸茄盒。在茄子正中间切一个开口，把肉馅和炒好的洋葱拌匀，夹在里面，蘸了面包粉下锅油炸。对于喜油爱肉的我来说，这实在是一道极具诱惑力的料理。

　　茄子入菜时，油炸的比例非常高。麻婆茄子、味噌炒肉丝茄子或是油豆腐茄子等等，都要先炸茄子。虽然茄子不经油炸也可以做菜，但还是炸过的更好吃。可能因为茄子与油很投缘吧。茄子黑紫黑紫的，把它单独放在盘里往往很不起眼。但经油炸之后，它便会发出油亮娇艳的光泽，而且会形成蔬菜本来不可能拥有的绵软口感。连把它吃下肚的我，也跟着绵软起来。

　　烤茄子、田乐烧和炖煮这些烹饪方法我都喜欢，不过最爱的还要数"炸"的茄子料理。话虽如此，真正自己下厨时，又觉得不仅要专门为茄子准备个油炸锅，还要处理大量的炸油，颇为麻烦。爱油炸又怕麻烦的我，只好在平底锅稍微多倒些油，盖上锅盖代替油炸。

今年夏天，我家出现了"茄子泡沫"。一位女性友人给我送来了一些她自家种的茄子。这些茄子着实好吃，吃完她给的茄子后，我又不由自主地到蔬果铺去买了些茄子回来。紧接着，像是定期邮递一般，她又给我送来了一些，这下茄子多得堪称为茄子泡沫。整个夏天，我都在铆着劲做茄子吃。把茄子和肉馅做成咖喱炒饭，里面的茄子就算不经油炸，也会软绵绵的。用茄子来包饺子也有这个效果。两道菜同样都要先把茄子切成碎丁，撒上盐静置一段时间，再把里面的水挤干，这样可以消耗掉不少茄子。做茄子馅饺子时，不妨把五花肉做成肉沫来代替肉馅，这样包出的饺子更好吃。

此外，把茄子腌一下做成南蛮风[1]茄子沙拉也很可口。用高汤、酱油、味啉调成酱汁，多放一点醋和鹰爪辣椒，再把葱、野姜、小黄瓜等切成细丝置入。接着把用平底锅炒好的茄子、甜椒、青椒放入酱汁中腌制。一入味就可以吃了，非常好吃，放凉了之后也不会跑味。

茄子和奶酪的搭配也很神奇，将茄子与西红柿、茄子与西葫芦，或培根、茄子与肉馅等煮好的食材码好，往上面倒上满满一层奶酪，然后放入烤箱，只要随便做做就会很好吃。

哦，原来如此。与茄子味道搭配的食物几乎都是我的最爱。猪肉

---

1. 译注：此处指"南蛮渍"：即将油炸过的鱼肉与葱、辣椒等拌好后加醋腌制而成的菜肴。"南蛮"，在日本的室町至江户时代（中古至近代以前）是东南亚地区的总称。另由于葡萄牙人和西班牙人等经由这些地区来日，故亦指这些国家及其殖民地。南蛮渍是一种使用香草、辛香料、油的新式料理方式，冠以"南蛮"两字以显"外国传入"的意义。

是其一，奶酪、油亦然。用茄子做成的菜式中还放了我喜爱的猪肉、奶酪和油，这简直令我陷入了一种恋爱的错觉。

就算这么努力地吃，茄子还是吃不完。于是，我突发奇想：可不可以做茄子味噌汤呢？以前，家里从来没有用茄子做过味噌汤的配料，所以没有经验可以借鉴。我自己也从没做过。不过我还是试着做了，结果让我大吃一惊。

把茄子放进高汤之后，它就不再是绿色或紫色，而是变成了一种令人恶心的颜色，这种恶心甚至让我小受打击。那颜色宛如涮笔筒中混了颜料的水，令人难以下咽。我小心地稀释味噌，但颜色还是很诡异。我因此心生恐惧，这……这究竟是什么玩意儿？遇到朋友时，我苦着脸偷偷地跟她说："用茄子做味噌汤会变成可怕的颜色……"朋友却十分淡定，脸上带着"都几岁了还说这种傻话"的表情告诉我："那是茄子里的成分溶解出来了。如果想防止它融解，可以用明矾，或是把茄子先炒一下，再加到味噌汤里。"我心想：明矾？那是什么东西！不过实在不想看到她那副得意扬扬的样子，所以没问。而是选择了炒这种方法。

先用麻油快炒后盛出，然后就直接用这个锅煮味噌汤，之后再把茄子放到汤里。哦哦，真的不会变色了。而且，麻油的味道好诱人啊！放点野姜也不错，再放点芝麻吧，再来点黑胡椒应该也很棒……如此畅想着，回过头来却发现这些食材全都已经用光了，于是味噌汤里只加了茄子，喝上一口，真香。

后来我查了一下，茄子里"融出的成分"叫作茄多酚。茄子的茄多酚，听起来真可爱[1]，我因此更加喜爱茄子了。

---

1. 编注："茄多酚"的日语简称为"ナスニン"，可以写作"茄子人"。

苦瓜区

我生于昭和四十二年[1]。

特地写山我的出生年，是为了让各位回忆起那个时代。在被划入高度成长期的那个时代里，整个社会渐渐地富裕了起来，但终归还是在发展之中。我懂事的时候，家里已经有了洗衣机和电话。但是现在家中很多常见的用品，在当时还没有出现，录像机、电动牙刷、电子时钟和电脑都还没有。虽然有意大利面，但没有通心粉。芒果和香菜之类的食材也没见过，此外，也没有苦瓜。

电脑、手机的出现，与陌生食材的出现，八竿子打不到一块儿。不过在我的印象中，它们可以说是同时期的产物，都在泡沫经济最旺盛的时期出现，并且在泡沫经济接近破灭的时候，徐徐进入了我们寻常人家的日常生活中。

---

1. 译注：1967 年。

我从九十年代中期才开始吃苦瓜。虽然苦瓜在市场上出现应该比这早很多，但我最初对它毫无兴趣，又加上偏食，所以从没买过，甚至连一眼都没有瞧过它。

第一次吃到苦瓜，是在朋友带我去的一家冲绳餐厅里吃到的苦瓜炒豆腐。我平常就不爱吃青菜，所以当然不可能觉得这种从没见过的奇妙蔬菜"美味"，充其量只是"哎，不错"的程度。不过，这家店的苦瓜炒豆腐真的非常好吃。

从那以后我也会不时地买苦瓜回来做菜。并不是因为它好吃，而是心里有一种根深蒂固的观念："做蔬菜豆腐一定要放苦瓜，冲绳人就是这么做的。"而且买菜的时候，总会真切地痛感自己年岁渐长，于是不禁感叹："小时候根本没见过这种蔬菜呢。""社会真的变得富饶起来啦。"

冲绳餐厅一家接一家地开张，变得随处可见，我也经常会前去用餐。然后我发现，原来这道苦瓜炒豆腐也有好吃和不好吃之分。

细想起来，这也是世之常理。拉面店也分好吃和不好吃的，意大利餐厅也有优有劣。所有的菜也都可以归入"地道""差劲"和"不好不坏"这三类。不好不坏的意思就是马马虎虎。世上最多的就是马马虎虎。苦瓜炒豆腐也以马马虎虎居多。

有的汤太多，有的苦瓜太烂；而有些正相反，苦瓜太硬；还有的味道不是太淡就是太重。但是还不到不能下咽的程度，于是将就吃了，却又会升起一股懊悔之意。没错，吃了马马虎虎的菜，会让人懊悔不甘。

不知为什么，我从第一次买苦瓜，就知道撒一点盐在苦瓜上，静置几分钟后把水分绞干，就能去除苦味。不过苦味去得过头，苦瓜就跟小黄瓜没两样了。如果绞干时太过用力，口感便也会消失。这个分寸很难拿捏。后来我看了《好吃蔬菜分辨法》（《おいしい野菜の見分け方》）一书后得知，表皮上仿佛包了一层透明白色薄膜的苦瓜最好吃。比这更熟的苦瓜，苦味也会更重。而这种白皙的苦瓜，的确找得到。

最近我的味觉成熟了许多，开始觉得苦瓜好吃了。不过，对于童年没吃过的食材，还是不太容易产生"啊，好想吃啊"的想法。这是因为在我脑内的味觉区域，还没有形成"苦瓜区"。只有站在蔬果铺的摊子前，看到苦瓜，才会意识到"啊，对了，夏天到了，该吃苦瓜了"，于是把苦瓜买回家。

其实苦瓜的烹调方法很多，炸天妇罗、水煮、做肉馅。但由于我的"苦瓜区"还没有完全形成，所以每次还是只能想到苦瓜炒豆腐，大概是因为第一次吃到它时的美味印象，已经深深印刻在我的大脑里了吧。

做苦瓜炒豆腐时，我都会在最后抓一把柴鱼片撒上去。第一次去吃的那家美味的店也是这么做的。光是这个动作，就能帮它加分不少。

如果从小就学会吃苦瓜的话，想必夏天来临时，心中便会闪过"啊，想吃苦瓜"的念头吧。现在的孩子们住在东京都内，不论是苦瓜、木瓜、蓝纹奶酪、牛内脏，还是牛肝菌，都吃得到。吃着这些食物长大，成年之后一定会对很多食物产生乡愁吧。昭和四十年代出生的我，对此有些难以想象。

啊，可是一写到这里，我突然想起好友的孩子（四岁），他最爱吃的是鱼干、酱菜和煮青菜，却不喜欢我们那个年代的孩子们最喜爱的意大利面、焗烤和炸虾，几乎连碰都不碰。难道随着食材界的全球化进程，人们却渐渐地回归本地化了吗？

隐形王者，素面

应该没有人讨厌吃素面吧。不仅没有，到了夏天，每个人都会对素面燃起一股热情，朝思暮想着："啊，素面……"

那么不筋道，那么柔弱，仿佛没有一点主张；没涩味、没怪味，十分文静的素面，却是夏天必不可少的角色。

在孩提时代，每个人在夏天都吃过素面，大家的记忆大同小异。一百个人中起码有九十八个，都会讲自己小时候很想吃到白色面条中的粉红或黄色面条的小故事。

世间有难吃的素面，也有好吃的素面，其他的食材也是如此。而好吃的素面，通常都会好吃到令人大吃一惊。比如"揖保乃糸""三轮素面"[1]等几个牌子，通常都不错，从不失水准。

可是，这世上还有更惊人的素面。

---

1. 编注：分别产自日本兵库县与奈良县，为日本最具代表性的两大素面品牌。

　　我为小说《第八日的蝉》到小豆岛去取材时，发现岛上到处都是专卖素面的小店，有一家名叫"岛之光"，是小豆岛上最有名的素面名店。一旦到了相应的时节，各户人家的门前都会挂起晒干的素面，好像一道道窗帘。

　　登岛那天中午，我们吃了素面，真是好吃得惊为天人。有一种难以形容的浓郁，如果一般素面的筋道是零分的话，他们的面就有二十分的筋道。

　　去奈良的时候，同行的编辑也给我推荐了一家特别好吃的素面店，甚至还买了一份送给我当特产。那家的素面也是好得令我惊叹。

　　这本书的主编 T 小姐也是位美食爱好者，她送我的富山"大门素面"同样筋道十足，十分可口。

　　原来日本各地都潜伏着绝佳的素面。

　　可是，如果不加其他香辛料或配料，只有清素面上桌的话，总觉得有种说不出来的凄凉，一种"只有白面"的悲哀。所以，我们都会尽可能地把餐桌布置得热闹一点。

　　首先是香辛料。把葱、野姜、生姜、紫苏叶和蛋皮切成细丝摆上桌，看起来就能豪华一点。

　　不过，光是这样还不够，还得再多加一点配料。每到这时我便陷入深思。为什么要深思呢？素面明明既不涩也没有怪味，却很少有食材能成为它的最佳搭档。素面加可乐饼啦，素面加生鱼片啦，都难免让人觉得有点不伦不类。印象中，我曾经尝试过素面加玉米的组合，虽然还算搭配，但总觉得这只不过是单纯地把时令食材堆在一起罢了。

我想过，素面爽口，那跟天妇罗应该很搭吧，可最终还是赢不了荞麦加天妇罗这对最强搭档。于是我又想那鳗鱼怎么样呢？不过吃鳗鱼的话，果然还是得喝酒配白饭。

勉强胡乱凑合一下，也没有完全不合的食材，但还是觉得："嗯……有些不太对劲。"

我个人认为，辣炒肉沫茄子和素面是最佳的组合。不知道自己为什么执着于这种吃法，但只要一提到素面，我就会像强迫症一般想到"那得做辣炒肉末茄子"，并且付诸行动。做这道菜很麻烦，麻烦到有一次连素面都忘了煮。和素面合拍的食材我思考了近二十年，但还是想不出好点子，真想来做一次素面问卷调查。

此外，素面放凉后，蘸着调味汁吃，我认为是最好吃的方式。我虽然知道素面也能煮成类似拉面那样的正式料理，但还是不由得认为，那是为了打扫夏天用剩的面条才做的料理。在冲绳当地或者冲绳餐厅里吃到的什锦炒素面也非常好吃，但我自己没有把握能做得那么好，所以也就没有要做的想法。

前些时候，我吃到了除了冷食之外的另一种素面吃法，并且相当为之震惊。

在大阪的时候，我吃到了黑鱼火锅。锅里能吃的除了作为主料的黑鱼和豆腐，就只有微咸的高汤和岩海苔。不过黑鱼真是好吃，我吃得如痴如醉，怎想到最后上来了一道用来收尾的素面。把面放进充满黑鱼鲜味的锅里，配着汤和岩海苔一起吃。这素面真的好吃得没话说！就算肚子已经被黑鱼和豆腐塞得满满的，还是能呼噜呼噜地把素面全吃光，一点都不觉得撑。这种素面的吃法相当美味……话虽如此，由于家里基本上不会做黑鱼，所以很难亲自实践呢。不过，在做其他火锅时，说不定可以试一试。还是说，这一次素面也会像我之前辛辛苦苦地为它寻找最佳拍档时那样，挑挑拣拣，"这个不搭""那个马马虎虎"地选择火锅呢？

　　素面看起来毫无主张，其实搞不好有着王者一般的脾气呢。

鳗鱼魔咒

前面写到过，初鲣和鳗鱼是唤起日本人江户 DNA 的食物。这次就来写写鳗鱼。

出梅[1]时节，到处都听得到"土用之鳗"这个词语。电视上在说，超市和鱼摊也会挂出宣传旗帜。到这时，鳗鱼就和初鲣一样，非吃不可了。

可能是我个人感觉，但印象中现在日本人对于当季食物的热衷程度，远超我小时候。可能是因为我当时年纪尚小，对此没有什么印象了吧。但是难道是自己多心吗？不过近些年，我确实觉得人们对情人节的巧克力、彼岸时节[2]的牡丹饼、萩饼[3]，节分[4]之日的惠方

---

1. 编注：梅雨结束的时节，日本的出梅时节大约在每年七月中旬。
2. 译注：分别以春分日、秋分日为中间日的两个七天，在这期间日本人会去扫墓。
3. 编注：牡丹饼、萩饼是日本常见的和果子，春天称"牡丹饼"，秋天称"萩饼"。
4. 译注：原本日本人将立春、立夏、立秋、立冬等季节转变之日的前一天叫作节分，由于立春是一年之始，所以现在"节分之日"多指立春前一天。

卷[1]等，都比从前热衷得多。而且，我童年时，关东地区并没有吃惠方卷的习俗。

"土用丑日[2]最适合吃鳗鱼"这种说法源自江户时代。当时的鳗鱼贩因为卖不掉鳗鱼，所以去找平贺源内[3]商量，平贺为了宣传鳗鱼，想出了这句话，随后这句话变得众所皆知。这就是关于"土用吃鳗鱼"的起源最广为人知的解释（也有很多其他说法）。一年当中，土用时节会遇到好几次丑日，但由于"借助鳗鱼的精力度过炎夏"这句广告语深植人心，所以说到土用丑日，许多人脑海中想到的都是夏天。

平贺源内的故事是否真实暂且不提，源自于江户时代的土用丑鳗热潮，直到今日仍未消退。和突然红遍全国的惠方卷不同，从很久很久以前开始，就有很多人在土用丑日吃鳗鱼了，就算除去那一天，在夏天吃鳗鱼的机会也有很多。

我在土用丑日也一定会吃鳗鱼。只要有点中暑，稍感不适，我就会跟自己说："好吧，吃点鳗鱼提升精力。"至于提升什么精力，我是不清楚啦。

不过，我小时候不敢吃鳗鱼，是因为它的长相。

我小时候住在很乡下的地方，不论去银行还是超市，只要想出门去办点事都必须得坐公交车才能到。要坐公交车去的镇上有一条商店

---

1. 编注：一种相对较粗的手卷寿司，里面有腌葫芦条、黄瓜、鸡蛋卷、鳗鱼、肉松、香菇等材料，代表着七福神，这样才能把福气卷起来吃掉。吃的时候，一定要朝着当年的惠方（福神所在的方向）吃，同时闭上眼睛想着自己的愿望，有驱邪避灾和祈愿生意昌隆的效果。是起源自大阪的关西风俗。

2. 译注：土用期间十二支为丑的日子，此处是指立秋前的18天，又称为伏暑的丑日。由于夏季时体力下降，所以要吃鳗鱼。

3. 译注：1728-1779年，江户中期的博物学家、兰学家、作家、画家、发明家。

街，在那里摆摊的鱼店门前，总是摆着巨型的水桶，里面放着数不清的鳗鱼。滑溜溜的鳗鱼一边游动，一边露出白色的肚皮和黑色的背。我只要从那里经过，就会不由得站住呆呆地看着它们。那是因为太害怕而看得入神。我还曾蹲在一旁看，直到母亲到银行或水果店办完事回来。

我母亲爱吃鳗鱼。虽然她一向是以家人的喜好优先，但可能因为真的太喜欢了，所以我们家的餐桌上还是会经常出现鳗鱼。

一旦将眼前这褐色扁平的东西，与鱼店门口滑溜如蛇的东西联想在一起，我便说什么也无法举起筷子。不过，我家的家规是，偏食无妨，吃剩也无妨，所以，我肯定能够等到别的菜上桌。

我还记得第一次吃鳗鱼时的情景。

那天，婶婶和祖母来我家，中午叫了店里的鳗鱼外卖。祖母、婶婶和母亲点的都是鳗鱼盖饭，我则肯定是点了别的食物。她们三个女人叽叽喳喳地边聊天边吃鳗鱼饭。婶婶突然问我："要不要尝尝看？"我说："可是，鳗鱼有点恶心耶。"婶婶说："光看它的模样，你可想象不到它有多好吃哦。"

为什么当时会生起想吃的心情呢？八成是三个女人聊天时的热闹气氛和享受鳗鱼的模样，点燃了我心中的火种吧。于是我说："那我吃吃看。"便这么吃了。当时的感想是："糟糕，好吃极了！完了，真的很好吃耶！"

从那一天开始，鳗鱼就被我归类到喜爱的食物中。不过，很多时候还是必须和心中残余的异形形象对抗。如果盯着它多瞧一会儿，就会恶心起来。所以，只能闭着眼睛大口吞下去。其实我直到现在，吃鳗鱼时也会把视线移开。

即使喜爱，鳗鱼还是有廉价和高价的分别。在普通餐馆和一流名店，味道也有明显差异。自己做的味道完全无法与名店的鳗鱼料理相提并论，所以想吃真正美味的鳗鱼，只能奢侈一点了。

说起来，大约十五年前，关于鳗鱼还有个奇怪的迷信说法。那就是被提名芥川奖的时候，若是一边吃鳗鱼，一边等待评审结果就能得奖。在我被提名的十几年前，就有人煞有介事地对我这么说。围绕着各种奖的奇妙魔咒有很多，比如在某家酒吧等待放榜，就能得直木奖，或是最好边吃河豚边等待结果，等等。说起来可能是有几个人凑巧这么做了之后，真的得了奖，从而衍生出来的魔咒。不过，鳗鱼魔咒源自谁现已不可考。话说，当时我还很年轻，第一次入围该奖时，我正背着背包在澳洲旅行。第二次和第三次，则和十几个编辑在自己家里开派对。每一次都没有吃鳗鱼。当然，并不是说这就是我没有得奖的原因。不过，入围直木奖时，我真的是在前面提到的酒吧等待结果，最后得了奖。不过，这两个奖的获奖魔咒，如今也都换成别的事物了吧。

顺道一提，经历数十次落榜的我其实也有自己的小魔咒。一言难尽，下次有机会再说吧。

回首见毛豆

我曾经对吃肉有着强烈的欲望，但也会念叨着要吃鱼，有时还想吃茄子、想吃土豆，当然也会想吃桃子、吃核桃。

但是，好像不曾有过"想吃毛豆"的欲望。

对我来说，几乎不太可能有疯狂地想吃毛豆、非吃不可的心情。虽然没有，但不管在家里还是在居酒屋，夏天的餐桌上一定不会少的，就是毛豆。

虽然不曾疯狂地想吃，但如果没有它，便又会觉得缺了什么。没有的话便没有，实际上也不会有什么大碍；有的话便有，无非就是会有些开心。毛豆的存在感，就是如此不可思议。

毛豆长在豆荚里。豌豆、蚕豆也都长在豆荚中，但烹调时要剖开取出。毛豆却是连同豆荚一起烹调，连豆荚一起上桌。豆角也有豆荚，连豆荚一起吃。可是毛豆的豆荚不能吃。

也就是说，吃毛豆很费工夫，还会产生空豆荚这种垃圾。然而，人们却不厌其烦。这也是毛豆的另一个奇妙之处。

虽然吃毛豆很麻烦，人们想吃的时候，却会专注地只吃它一种。因为它不是一道菜，只是一种零食。

它和另一种夏季必备的食物——凉拌豆腐有点像。不过，凉拌豆腐可以成为下饭菜，也可以与其他食材组合。像泡菜、秋葵、小鱼干等。可是毛豆就只能是毛豆。它不能与饭搭配，也无法和其他食材组合。人们仅只是眼神放空，伸手拿豆荚，送到嘴边，挤出豆子，嚼烂豆子，喝口啤酒，一直重复着一成不变的动作。此时，我想大部分的人都没在思考，大脑也是一片空白，然后回过神来，再把筷子伸到其他盘里。

当然，有些菜里也会用到毛豆。比如毛豆炒饭和毛豆沙拉等。肉拌味噌里会放毛豆，意大利面里也会放毛豆。但是，难道只有我认为，这些都是属于"刚好冰箱里有毛豆，得赶快做点什么把它用掉"之类的料理吗？因为这些菜不放毛豆也完全可以呀。

其他的，还有一种法式浓汤里会加毛豆，毛豆还能煮成豆饭，但浓汤里的毛豆可以用蚕豆取代，而做豆饭一般都用豌豆。并没有非用毛豆不可的料理。

无论如何都得用毛豆的菜，就只有毛豆本身了。这么一想，不由得感觉到，从不会令我疯狂期盼的毛豆，其实是非常有分量的食物——把宝全都押在自己身上，仅靠自己一决胜负。

不过，毛豆虽然看起来单纯，但你知道它的价钱高低其实差距很大吗？

市面上能看得到两百日元左右的毛豆，也有近七百日元的。有一次，我为了解高价的原因，买了六百日元价位、带有天狗标志的毛豆来试吃。附带一提，六百日元左右的毛豆，在我来说算是相当高级了。

嗯，确实这种毛豆特别香，口味也清甜，比没牌子的毛豆好吃多了。而另一种有名的"DADACHA 豆[1]"，我没买过，是别人送我的。这豆子味道浓郁，相当好吃。但是动辄上千元，让人忍不住要问："这还是毛豆吗？"

名牌毛豆虽好，但若有连枝一起卖的毛豆更好。用厨房剪刀"咔嚓，咔嚓"地剪进碗里，加入足量的盐，充分地揉搓。放置一会儿之后——以前我会放进水里煮，最近我都是用蒸的——往 Le Creuset 牌厚底锅里倒入半杯水和毛豆，加热约两分钟，然后靠余热蒸熟。这样可以把毛豆甜味引出来。不错吧？

我童年时代虽然讨厌吃青菜，却也爱吃毛豆。不过，当时我可不敢像现在这样，把豆荚放到嘴边，直接把豆子挤到嘴里吃。万一豆荚里有虫怎么办？所以，我会把豆子一一从豆荚中挤到手心上，仔细检查有没有虫子，确认安全之后再吃。然而，我从来没在毛豆荚里见到过虫子。得出这个结论后，才终于可以不用检查豆荚，放心地吃毛豆。

时至今日，我想这种变化一定是受啤酒的影响。孩提时代吃毛豆没有啤酒配，就算那么慢吞吞地吃也没什么关系。但是自从啤酒加入

---

1. 编注：商品名。日文写作"だだちゃ豆"，在日本被称作"毛豆之王"。

了我的日常饮食，与毛豆成了密不可分的哥儿俩好之后，便形成了"豆荚到嘴边—挤豆—吃豆—啤酒，豆荚到嘴边—挤豆—吃豆—啤酒"这一系列的固定动作，而且必须毫无滞碍地顺畅进行。为了配合这一点，我才终于达到领悟"豆荚里肯定没有虫"的境界。

　　啤酒配毛豆，本以为只是单纯的味道合拍，后来才知道毛豆有助于分解酒精，不禁有些惭愧。尽管毛豆不会让人疯狂地想吃，但若是没吃毛豆，就少了迎接夏天的感觉。了不起啊，毛豆！何况，大豆也是由毛豆而来的 [1]。

---

1. 编注：毛豆，也叫菜用大豆，是大豆作物中专门鲜食嫩荚的蔬菜用大豆。实际上毛豆就是新鲜连荚的大豆，毛豆成熟晒干之后又称大豆。

食鱧教人知老

鱧[1]，鱼字旁，加上类似繁体的"丰"字，日语里念作"hamo"（中文念作 lǐ）。

这种鱼存在的时间并不久。

虽然它存在于世上，但并不存在于我的世界中。别说小时候，直到二十岁我都没见过。

第一次吃，是过了三十岁之后，好像是在日式酒馆里点了这么一道菜。铺在冰块上的黑鱼，一旁还摆了梅子做搭配。

吃没吃好像没什么差别。

这是我第一次吃到时的感触。不觉得好吃。不知怎的，口感不怎么好，而且淡淡的，全是梅子的味道。

吃过一次之后，它又接连几次不可思议地登上了我的餐桌。绝不

---

1. 编注：鱧，即黑鱼。

是因为我自己想吃，而是一不留神，别人就已经点了它，或是出现在了套餐中。既然有的话，就吃吧。吃是吃了，但还是觉得，吃也可，不吃也可。就这么周而复始。

生起吃黑鱼的欲望，是在三十五岁以后。因为我发现黑鱼也是季节性的食物，所以开始兴起吃的念头。如果一年到头都有，就感觉不到它的价值。但要是加上"夏季限定""冬季限定"这种属性，就会有种"不吃就亏了"的感觉。这种心情可能就是年纪大了的证据吧。十几岁、二十几岁的时候，从来不知道草莓什么时候上市，也不觉得不吃西瓜就不是夏天。一想到今后还要度过不知多少个夏天、冬天、秋天和春天，就觉得很烦，因此年轻人对它们毫不在意。这便是年轻的美丽傲慢。

年纪渐长之后，品尝当季特有的美食，才能切身地感受季节的轮回，也会下意识地感叹，未来还能有几次如此完整地感受季节的轮换呢？

家附近的日式居酒屋每到六月，就会贴出"鳢·上市"的公告。看到它，心里便会浮出"哦，那得去尝尝才行"的念头。

其实，改变我对黑鱼"吃也可，不吃也可"的印象，就是这家店。

看到那张通知，我便进店去吃了黑鱼套餐。我知道他家的黑鱼口感并不坏，味道不淡，也不会满是梅子味。还有，这家店黑鱼的烫鱼片[1]，并不是摆在冰上。

黑鱼套餐有烫鱼片、天妇罗、照烧，一鱼多吃，最后再上涮黑鱼。

---

1. 译注：在日本，鱼类套餐通常先上生鱼片，但黑鱼套餐不同，通常第一道叫作"落とし"，是先用热水烫熟后再浸冷水的熟鱼片。

这家店的大厨借给我一个小型数字定时器，他说，黑鱼放进滚水十五秒取出，最是鲜美。我瞪着定时器，把黑鱼放进锅，它"哗"地如同花朵般美丽绽放时，刚好十五秒。立刻捞起来，蘸酱吃下。那鲜嫩、柔软、丰美的味道，让人难以相信它本是条瘦骨嶙峋的鱼。

在这家店与黑鱼正确地相遇，改变了我对黑鱼的看法。但是不是每家店的黑鱼都好吃呢？其实不是，还是要严选店家，稍不注意就会出现"可吃可不吃的黑鱼"，所以需要特别留意。

我有一位年长的朋友，今年七十七岁，他说："祇园祭一开始，好吃的黑鱼就全都送往关西去了，务必在那段时间之前吃到。"如果这个说法可信，在关东吃到鲜美黑鱼的时间就非常有限了。当然，真假不得而知。

到大阪的话，不必是特别体面的店，就算是街边无比寻常的居酒屋，都会提供黑鱼火锅，这让我大为惊讶。而且不但便宜，量也很足。这么便宜的话，说不定又是属于"可吃可不吃"类的吧。我心里这么想着，涮起了鱼肉，可是味道还是同样地道鲜美。鱼肉紧实，柔嫩弹滑，味道丰美。这家店的垫底主食是热素面。涮完鱼肉后，往鲜味尽出的高汤里放入素面，然后连汤一起吃下肚。那素面不但美味得让人停不下筷子，并且好像再多都能吃得下去，真是可怕。可能关西人比关东更常吃黑鱼吧。

今年入梅之前我也看到了"鳢·上市"的海报，于是匆匆赶往附近的店家。

可是，由于我当天是临时起意过去的，没有预约。而这家店人气极旺，光是预约客户就把店里坐满了，而且黑鱼也只准备了预约客户的份。店家说如果只点半人份的烫鱼片，勉强可以供应。的确，仔细一看菜单，上面已经写了黑鱼套餐请尽可能先预约。

这家店不管是其他生鱼片或是一品料理[1]，都十分美味。但是，我是特地为了黑鱼而来的，却吃不到黑鱼，一时大受打击，差点掉下泪来。事后想想，自己真是蠢爆了。

当时，坐在柜台的两位年长的男性顾客对我说："如果你只要烫鱼片的话，我们俩的份可以让给你。"他们表示，光是有黑鱼天妇罗和火锅就满足了。我当时忘了客气二字怎么写，立刻厚着脸皮接受了他们的好意："哇，不好意思，真的太谢谢了！"我住的这片街区常会出现这种人与人之间热情相待的场景，这也正是我喜欢这个地区的理由。

于是，本应送到他们桌上的烫黑鱼鱼片，被送到了我的面前。他们让给我的鱼片又鲜又嫩又肥又好吃。他们先我一步离座时，我向他们再次道谢。"没事，别客气。能吃到黑鱼真好，对吧。"他们如是说着，走出了餐厅。

下次我一定会先预约，把整套黑鱼套餐吃个够。我如此向店员保证后才离开，但直到现在都还没去。不赶紧去的话，夏天就要结束了。

---

1. 编注：即可以根据客人喜好、单点的菜式。

生西红柿，烤西红柿，煮西红柿

我讨厌西红柿。和其他的青菜一样，我直到老大不小之后才敢生吃西红柿。用番茄酱炖煮，或用生西红柿熬汤做咖喱，我都没有意见，但当时总感觉，生西红柿这种东西，恐怕我一辈子都不会吃了。

上大学之后，来自四国的朋友得知我有异常的偏食习惯后对我说："你真可怜。"她的语气很是认真。"你没吃过真正好吃的青菜吧？哎，真可怜。"她说的是"从田里刚摘下的西红柿"：从田里刚摘下的西红柿，不用蘸任何东西，直接大口啃下去，那股甘甜别处绝对找不到。年轻气盛的我对她的同情嗤之以鼻，暗暗庆幸自己没生在那种习惯生吃西红柿的家庭。我本来就不觉得西红柿好吃，所以当然也无法想象"从田里刚摘下的西红柿"有多美味。若是说到现挤的牛奶、刚摘的草莓，我倒还会"咕嘟"吞一口口水。

在学会吃生西红柿之前，我先认识了烤西红柿。二十九岁那年，我在爱尔兰待了五个星期。那里的餐馆和咖啡馆清晨就会开业，菜单中一定有爱尔兰式早餐，即传统的晨间套餐。它的分量相当足。有面包、香肠、猪血肠、培根、荷包蛋、炒香菇、煎西红柿。虽然当时我不喜欢吃香菇和西红柿，但这道煎西红柿确实是意外地好吃。回家之后我自己也会学着煎上几片。用平底锅将两面煎熟，这比生西红柿更好接受，可为什么这种吃法并不普及呢？我不禁产生了这种疑问。另外，在西红柿上放片奶酪一起煎，也很好吃。

我大概是在三十二岁发起食物革命的时候，才终于敢吃生西红柿了。

当时，市面上已经出现了许多种西红柿。比如桃太郎、水果西红柿、第一西红柿、绿西红柿，还有比小西红柿稍大一点的中型西红柿。在我讨厌西红柿的那段时期，说到西红柿就只有"西红柿"这一个种类而已。那么，我在敢吃西红柿之后，是不是就爱上了西红柿呢？倒也没有，也从没有想过把西红柿"什么都不蘸，大口啃下去"。通常还是把西红柿与其他材料混在一起，做成沙拉或其他菜肴。

食物革命开始十年后的现在，西红柿已经成为相当常用的食材了。冰箱的冷藏室里一定摆着西红柿，最常用的方法就是拿来做浓汤。每当强迫地告诉自己摄取的青菜不够时，我就会打开冰箱，高丽菜也好，土豆也行，或是青椒、洋葱，把所有青菜拿出来切丝，把大蒜、辣椒炒一下，再加入青菜炒熟，随后放入西红柿熬煮。等西红柿煮烂、形状化掉之后，稍等一会儿就倒入高汤。西红柿也可以用来做咖喱。咖喱煮到水分变少时加入西红柿，味道就会变得既清新又浓郁。西红柿炒鸡蛋也很好吃，焗烤肉末茄子时直接摆上切成圆片的西红柿和奶酪，就能省去做番茄酱的麻烦。

顺带一提，我最怕麻烦，所以用西红柿做菜时从不剥皮。偶尔到朋友家做客，看到西红柿料理中的西红柿被去了皮，都会对主人肃然起敬。西红柿不剥皮其实也没有任何问题，但是，用剥了皮的西红柿来做菜，口感果然会截然不同。

在朋友家吃到的西红柿料理中，最令我感动的，是辣炒虾仁中，用新鲜西红柿做的辣酱。当天喝醉了没来得及问做法，所以我也不知道具体的配方，但这辣酱比用番茄酱做出的酱汁更有质感，也更爽口。美味得令人难忘，好像再多都吃得下。

如果说换一种吃法，最令我难忘的吃法是砂糖配西红柿。

这是我入住群马温泉旅馆时，那里晚餐中的一道菜。在一整颗冰镇的生西红柿边，附了一撮砂糖。当天同桌的成员多是高龄长辈，所以没人动手去拿。我本来就对生西红柿没什么兴趣，再加上怕吃甜食的习惯，当然也就连正眼都没瞧它一下。后来，一位四十多岁（在同行的成员中算年轻的）的编辑战战兢兢地吃了一口，说道："啊，没想到很好吃呢！"受到这句话的影响，六十多岁、七十多岁的人陆续跟进，异口同声地说"真的耶""好吃""不错哦"。不过我还是不为所动，继续吃其他料理。

"小角，你不吃吗？"别人见我对西红柿全然不动心，跑来问我。"很好吃哦！""你吃吃看嘛。"大家一起劝道。"不过，那是西红柿对吧？"我问。"嗯，是西红柿，可是很好吃。""可是，它有西红柿味对吧？""话是没错，但和砂糖意外地相配哦！""它会变成甜的西红柿对吧？""别啰嗦了，你吃吃看嘛！"就这么胡搅蛮缠地交锋数回之后，我也战战兢兢地吃了砂糖西红柿。

我服了，真是好吃。

可是这种吃法会令我产生一种微妙的罪恶感，所以我不会想再做给自己吃。

此外，去年我与生西红柿有一次冲击性的接触。我在办公室附近的一家极其普通的蔬果店里，随手买了些水果西红柿。这西红柿真的好吃到连对西红柿无感的我都忍不住大叫："天呐，太好吃了！"因为店家每篮里摆了三个，篮上只写了产地名，所以看不出它跟其他的水果西红柿有什么不同，但味道有着明显的差别。连我这种西红柿白痴，都能一口就分辨出这里卖的西红柿与其他店里的不同。可惜这里卖的西红柿价格日日浮动。三个西红柿卖六百元的话我还会买（尽管这样也很贵，但因为实在是太好吃了，这个价格还可以接受）；可遇到三个一千元的日子，就实在下不了手了。

一边啃着这种生西红柿，一边叫好时，我想起了大学同学的话。如果我小时候就与这种西红柿相遇，应该就会爱上西红柿了吧？答案是否定的。如果真的是这样的话，我肯定会成为拒吃其他番茄的"可怜"人吧。

秋葵的宽容

切开秋葵,剖面会出现星星的形状。

喜欢和厌恶的食物都很多的我一直觉得,这种内里与外形大不相同,切开时会流出黏稠汁液的奇妙蔬菜,很适合在我想让料理变得"可爱"时,作为装饰用的配菜。

让料理变"可爱",指的是当桌上的菜是炖菜、煮鱼、味噌汤等咖啡色调的菜肴时,只需在桌上添一道撒了柴鱼片的水煮秋葵切片,不但能点缀一抹绿色,还能使餐桌看起来更加可爱。此外,在咖喱和味噌汤里放入星形的秋葵,还能再为它的可爱加些分。我还小的时候,妈妈会把咖喱中的胡萝卜剜成花朵形,与这是异曲同工之妙。

剜成花朵形状的话,孩子就算讨厌也会吃下去(虽然我不会吃)。切成星星的形状,孩子也会吃掉,因为看起来很可爱(虽然我没被骗到)。

或者,心仪的异性来家里吃自己亲手做的料理时,往里面放点花朵啦、星星啦，也会让他觉得可爱，感觉到你有用心做饭。

没被花朵形状骗到的我，一直觉得秋葵这种装饰，没有特别存在的必要。我既没有小孩需要费心地骗他吃饭，而且与其让他为花朵和星星感动，我宁可异性赞美我的质朴刚健（也就是量和味道都刚刚好）。只有自己一个人吃的话，我就更是完全不会在意菜的品相，一桌子都是咖啡色也无所谓。

与其他食材一样，对于秋葵，我也是在某一年突然对它刮目相看。我没法很明确地回忆起具体是哪一年，但大约是在十多年前吧。我在朋友家吃咖喱时，发现里面放了秋葵，但她没有切成可爱的星星，而是斜切成片，所以朋友并不是为了装饰而放入了秋葵，而是制作了一道秋葵咖喱。真是想不到斜着切成片的秋葵，和咖喱这么相配啊，我边吃边暗自感叹。

自那以后，我不再认定秋葵是"装饰用蔬菜"了。随后又过了一段时间，有一次在居酒屋，某人点了一道小菜"豆皮秋葵拌海带"，再次令我对秋葵大开眼界。

我只要一觉得什么食材好吃，便会渐渐地爱上它。不论怎么烹调，都觉得它可口美味。自从对秋葵刮目相看之后，夏季时自不用说，连其他季节，我也经常买秋葵回来。

秋葵其实很适合做懒人料理。它烹调起来很简单，颜色也鲜艳。而且营养成分丰富，可以提升免疫力。

让我对秋葵眼界大开的那道居酒屋料理，在家也能简单地做出来。将秋葵水煮后切片，加入豆皮和咸海带[1]拌匀，然后往上面浇一圈素

---

1. 编注：将切成方形的海带用酱油煮至表面冒出盐花的食品。

面用的调味汁就完成了。若想吃得更清爽些，用柑橘醋也行。

将山药切成细丝，与秋葵拌匀，加入柴鱼片、切成丝的梅花肉和高汤酱油[1]，吃起来又有另一番风味。

煮好的秋葵切成细丁，释放出它的黏性，然后与葱、生姜一起撒在豆腐上，会使凉拌豆腐看起来特别华丽。

用少许味啉和酱油，将秋葵与散开的明太子搅拌一番，也能变成一道精致的小菜。纳豆、秋葵和泽庵渍[2]（或柴渍[3]）、乌贼（或鲔鱼）、山药泥等，混在一起搅成黏黏的一团，淋在白饭上，做成一道让人胃口大开、黏乎乎的五色盖饭，也是不错的选择。

味噌汤或清汤不仅会因此而增添了几分色彩，还会变得别样美味。这么一想，其实它与法式高汤风味的浓汤、番茄汤也都很相配。做汤前不用预先处理，只要切好，在煮前丢进去就行了。

在连日喝酒导致胃部疲劳，或是夏日炎炎没有食欲时，还可以把秋葵切丁撒在素面上，淋一圈汤汁后食用。据说秋葵有保护胃黏膜的作用，所以我相信在这种时候，应该大量摄取秋葵。

把秋葵放在砧板上去除细毛这项作业，怕麻烦的我通常五次有三次都会省略掉。不过细毛倒并不难以下咽，也算是件值得庆幸的事。

说了这么多之后，你有没有这种感觉，像是，秋葵在说："请尽情享用。"或是当我们疲于忙碌、脸上浮现出无力的笑容时，秋葵会

---

1. 编注：向酱油中放入鲭鱼段、鲣鱼、海带、香菇或其他食材，经小火慢煮等数道工序后，过滤得到的带有食材鲜味的酱油。

2. 编注：在晒得半干的萝卜上加米糠和盐，并用石块压住制成的腌菜，传说由泽庵和尚所创。

3. 编注：紫苏叶腌茄子，是京都特产的咸菜。

轻轻地拍着我们的肩膀说："如果你愿意多花点时间，在费心烹制的豪华菜式中，我也可以表现得很好哦！但是，费功夫、花时间绝不是美味的关键，更不是爱！"

我们可能很自然地认为秋葵是日本的蔬菜。实际上它的原产地在非洲，大约在幕府[1]末期才传到日本来。的确，世界各地都有秋葵料理，在超市也看得到泰国产的秋葵。

我很想尝一次美国的秋葵汤饭。它分为放入螃蟹和虾的海鲜汤饭，和放鸡肉或香肠的肉类汤饭两种。因为是家常菜，所以没有固定的配方。这种海鲜或肉类汤饭，是加入了西芹、洋葱、西红柿罐头一起炖煮而成的，但最特别的是里面放了大量的秋葵。从正经菜式到简单小吃，或是日本风味，貌似各种食谱上都将这道菜介绍得一应俱全，好像立刻就能学会。但我还是想先在这道菜的故乡——美国南部吃过之后，再来亲自烹制，所以目前为止一直没有尝试。看来想做好这个"请尽情享用"的秋葵，还是个相当远大的梦想呢。

---

1. 编注：1192 年到 1867 年。

那天起，入秋

|今年什么时候来做松茸饭呢？在蠢蠢欲动中，步入了秋天。|

秋刀鱼真伟大

三十岁之前，我从来不曾主动要求过吃秋刀鱼。我本来就偏食，爱吃肉，讨厌鱼，尤其怕吃有骨头的鱼和青背鱼。写这些话之前，我就已经做好了被大家口诛笔伐的心理准备。在儿时，晚饭餐桌上若有秋刀鱼，我是绝对不会碰的。坐在我身旁的母亲一边念叨着"哎哟，真受不了你这孩子"，一边快速地帮我拨开鱼肉，剔去鱼骨，然后我才会心不甘情不愿地吃下它。真是个讨人厌的孩子呢。

我从二十岁开始一个人生活，当时不论做饭还是其他家务我都一概不会，偶尔朋友会来做点咖喱或大阪烧等简单的料理给我吃。二十六岁时，我终于学会了做菜，但那时我做的不是炸猪排、炖肉，就是肉饼等，从来没有主动买过青背鱼。

我这么讨厌鱼的人，有一天突然对秋刀鱼刮目相看，真正地与秋刀鱼相逢了。

从几年前开始，我和几位关系比较密切的编辑、作家组成了一个"地区会"，众人每隔几个月就会聚在一起小酌一番。一次，我们其中一名成员买了一栋新房准备用来结婚，所以我们"地区会"便在他步入婚姻生活之前，到他的新居游览了一番。

当时，会里的另一位成员随手带来了"秋刀鱼一夜干[1]"作为贺礼，听说是从三陆[2]邮购来的。

之后，我们毫不客气地在他的新居里打起麻将，到了深夜，便把带来的秋刀鱼一夜干用烤架烤了，当作下酒菜。才吃一口，我便忍不住"呀——"地发出一声怪叫。真的太美味了！紧实的鱼肉、饱满的油脂、淡淡的咸味、香脆的鱼皮。"这是什么！这是什么！"我像个白痴般不断地叫着，吃下了一整条鱼。连鱼头都没剩。这一夜干的鱼头又酥又脆，无比美味。

直到今天，我都很讨厌那些会让舌头感到不适的食物，像是骨头、鱼头等。活了这么多年我一直都在逃避这些食物。但这一夜干，不论是鱼骨还是鱼头都特别好吃，所以全都被我吃掉了。这真的是那个我一生极力逃避、非得让母亲帮我把鱼肉剔净才肯胡乱吞下肚的秋刀鱼吗？这么好吃，完全是因为一夜干这种做法吧。我完全是在大脑一片混乱的状态下，摆平了那一整条鱼。那天的麻将赢了还是输了，我毫无印象，但那条秋刀鱼的味道却至今仍留在我的脑海里。

我从把它带来的朋友那里问到了邮购店家的联系方式，第二天便

---

1. 编注：将秋刀鱼涂上盐后，风干一个晚上制成的食品。
2. 译注：即江户时代的陆州，现在指青森县、岩手县、宫城县部分地区、秋田县鹿角部分地区。

火速订了秋刀鱼一夜干。送到我家的秋刀鱼一夜干，也跟之前吃到的一样好吃。后来每年一到秋天，我就会向店家订购。若有朋友来家里玩，我也会把这秋刀鱼一夜干烤得香香脆脆地招待他们。

有一次，连续几年都到我家吃秋刀鱼一夜干的朋友有些纳闷地问我："哎，你为什么每年都只吃一夜干啊？不吃一般的秋刀鱼吗？"

对啊，这么一说我才想起原来除了一夜干还有其他的秋刀鱼。说不定我现在也敢吃那些以前害怕的青背鱼了。

然后，我终于，打从出生以来第一次，到鱼摊去买了秋刀鱼。烤来吃掉之后，我大吃一惊："咦！明明很好吃嘛！"一夜干虽然好吃，但当季的秋刀鱼也毫不逊色啊。虽然常有人说好的秋刀鱼鱼嘴应当是什么什么样的、眼珠应当是什么颜色，对挑鱼的方法众说纷纭，但我发现不论什么样的秋刀鱼，只要在烤前二十分钟撒上盐，让鱼肉变得紧实，就一定鲜美无比。

之后，每到初秋，鱼摊上摆出秋刀鱼时，我都会主动去买。刚开始我还会清理掉鱼的内脏再吃，但渐渐地，连它内脏中的些许苦味我都觉得美味，所以现在我都是直接把整条放进烤箱。内脏中有个三角形焦褐色的部分，我尤其喜爱。每次吃到那块，便会感觉到：嗯，我已经是大人了呢。

还有，秋刀鱼没有鳞片。所以不需要请鱼贩帮忙除鳞和去肚，直接买回来烤就行了。秋刀鱼的鱼鳞很容易被剥除，在被渔网捞上来时，鳞片会"唰"的一下全数脱落。也就是说，秋刀鱼在被捕获之时，就已经为了我们能够方便食用做好了准备。真是伟大的鱼啊！有的时候，它们脱落的鳞片会卡在内脏里，等我们吃到嘴里时才会很少见地察觉到。

今年是我敢吃秋刀鱼的第十个年头，这段历史还很短，得再努力多吃点才行。

栗子少女

我爱吃什锦饭多过白饭甚多。什锦饭、香菇饭、红豆饭我都喜欢。尤其最爱吃中式油饭。但是，有一种什锦饭我一点都不想吃。

那就是栗子饭。抱歉啊，栗子。

直到高中之前，我都没吃过栗子饭。家里不知什么原因从没煮过，在外面也没有机会吃。说到栗子，大概只有父亲带回来的特产"天津甘栗"，和正月里母亲做的栗金团[1]。

高中一年级时的文化祭上，还设立了专供家长们展示厨艺的摊位，于是家长们当场蒸了红豆饭或鸡肉饭来卖。我和同学特地跑去买。"选、哪、种、好、呢？"我们把每种饭都仔细研究了一下，最后两人不约而同地看上栗子饭。

虽然没吃过，但看上去应该是我的菜吧。当时的我还很爱吃番薯、

---

1. 编注：在红薯泥中加入煮熟的栗子熬制而成的甜食。也可使用栗子甘露煮。

南瓜和煮豆。对把甜的东西当成点心，不像现在这么抗拒。天津甘栗和栗金团我都非常喜欢，所以，栗子饭我一定也会喜欢吧。这么想着，于是就买了。和同学坐在中庭的长椅上吃起冒着热气的饭。

哎？

是我的第一感想。不过既然买都买了，还是吃了吧。于是我又吃了一口。

为什么好好的白饭要放栗子呢！？

这就是我后续的感想。

我一边笑着和朋友们聊天，一边挖掉栗子，只吃白饭。栗子原先所在的部分因为沾了栗子味，所以也没有吃。

抱歉啊，栗子。

随后我逐渐长大成人，从那至今，我又对栗子饭发起了大约两次挑战。发起第一次挑战，是因为我认为："文化祭时吃的栗子饭是家长做的，所以有些差劲也情有可原。栗子饭肯定不是那位家长的拿手菜。"于是便到日料店挑战。第二次则是因为我觉得："那家日料店肯定只是刚好对栗子饭不太擅长。他们的招牌是其他饭食。"遂又去另一家日料店向栗子饭发起挑战。逼迫自己向着栗子跨前一步。

然而最后还是失败了。栗子毅然地拒绝了我。栗子饭里的栗子又干又松散，这种口感会吸走嘴中的水分，并且不但有甜味，还带有些微的咸味和更加微少的苦味。不过如果继续咀嚼，便又会渗出甜味。若是单吃栗子的话还好，与白饭一起吃时，嘴里还没来得及把这份松散干燥咀嚼殆尽，白饭就已经不见了。全部吞下去时，嘴里还会传出干燥的"嚓啦嚓啦"的响声。（不好意思，写得有点夸张。）

为了他们的名誉，我必须得说，那位蒸栗子饭的家长，以及后来进行挑战时去的那两家日料店，肯定不是全都不擅长做栗子饭。只是因为栗子饭真的不合我的口味罢了。

有很小的一部分人对栗子极为痴迷，他们对栗子的喜爱令我大为吃惊。啥！？栗子？你喜欢栗子？我总是想摇晃他们的肩膀再三确认。

不过喜欢栗子的人好像都有一颗少女心。以少女心的程度来说，喜欢栗子的人应该与喜爱草莓的人不相上下吧。栗子的画也很可爱。明明是褐色，却还是如此可爱。连我自己画的栗子都透着一股可爱劲。

对了，我只是不喜欢栗子饭，但天津甘栗和栗金团……呃，好像也没有以前那么喜欢了。

啊，可是，那个，对对，那个，还有那个，蒙布朗[1]。对，我最爱吃蒙布朗。

终于发现我与栗子的亲密关联了。没错，种类繁多的蛋糕中，蒙布朗在我心目中排名很靠前。

我对包含蛋糕在内的所有甜食没有兴趣，平时几乎不吃。但我也会在某个时期突然产生想吃甜食的想法。想吃的甜食种类也很固定，如果是日式的话就是萩饼，西式的话就是蒙布朗。而这所谓的"某个时期"，通常是夏秋交接的时候。并不是因为天气突然转凉才"想吃蒙布朗"，而是对我而言，"想吃蒙布朗"这种想法，代表着我的夏天已经结束，从那天起，入秋。

蒙布朗比起泡芙、芝士蛋糕，不，就算与巧克力蛋糕相比，它的

---

1. 编注：使用栗子泥制作的法国糕点。以欧洲阿尔卑斯山的俊秀山峰"白朗峰"命名，样子也是照着"白朗峰"制作的。

"地道"与"差劲"间的区别，都可以算是特别的明显。我很少在第一次光顾的蛋糕店里买东西。我最喜欢的，是办公室附近一间本地人开的小蛋糕店做的蒙布朗。它的尺寸不大，黏稠却不甜腻，好吃得令人陶醉。大概只有在这时间，我才会觉得：栗子，我好喜欢栗子啊。吃着蒙布朗，感受着幸福时，我才得以确认自己体内也存在着微小的少女心，因而如释重负。

松茸差距

为什么大家乐意付出高价来买这种东西呢？这是我第一次吃到松茸时的感想。那时我二字头的年龄即将走到尽头，在迈入三十岁前的一段时间，我陷入了严重的经济危机。有三四个月的时间，我都是边写稿边去打工来维持生活。不过有一次，我打工地方的老板带我去了火锅店。

老板平时带人去吃饭有个习惯，翻开菜单后，不问对方想法，径自点两份最贵的餐点。那一次，他也这么给我点了一份"松茸火锅套餐"。这种套餐就是在一般的火锅套餐基础上加了松茸，在涮肉之前要先涮松茸。我是个大外行，而且又是老板请客，当然不敢说："所有蘑菇我都不吃，给我点普通的火锅套餐就行。"我一声不吭地吃着松茸火锅，心里嘀咕着："干嘛点这种东西……"

本来我就不喜欢吃蘑菇（当时），而且松茸有一种铅笔屑的味道。

我与老板面对面坐着，心里一面默念："快点上肉，快点上肉吧！"一面强忍着把松茸吞下去。

大约一年后，我发起了食物革命，从那以后，我对食物的好恶消失了。

好恶转淡，再加上年纪增长，如此一来，我不可思议地产生了吃珍馐美食的欲望。没吃过的高级食物我都想试试，但对没吃过的廉价食物，我却提不起一点兴致，这便是最奇妙的地方。前者的话好比乌鱼子或燕窝，后者比如麻雀或蝗虫。

因此，我将又一次面对松茸。一年前一面小心眼地嘀咕，一面涮着松茸的我，现在也想加入交相赞美松茸的行列。到了秋天，我也想和大家一起说："松茸的季节到了呢。""该去吃松茸啦！"

在食物革命中，我领悟到一个真理，再不喜欢的食物，只要多吃几次就会爱上。就算没爱上，起码也能吃得下去了。就像游泳、做菜、背英文单词一样，重点在于踏踏实实地反复练习。

为了反复练习，我买了便宜的松茸，时常给自己做松茸饭。去外面吃饭时，以前总让给别人吃的土瓶蒸[1]或用网架烤的松茸，我也都试着品尝。

在松茸从市场上销声匿迹之前，也就是一个秋天的时间，我已经爱上松茸。多亏了反复练习，我已深深地体会到了松茸的美味。

现在我终于能和大家一起此唱彼和："说到秋天，就要吃松茸。""吃松茸了吗？""啊，好想吃松茸啊！"

---

1. 编注：陶壶炖菜。日式炖菜的一种。放入松蘑、鱼肉、虾和白果等炖制而成。既可以掀开壶盖吃里面的食材，也可以从壶嘴把汤倒入碗里喝。

但是，我并非没有意识到，是不是真的有必要吃松茸。

少了海胆就糟了，少了鲣鱼就完了。如果它们从寿司店消失的话，啊，那么夏天也结束了吧，我思忖着。少了桃子就糟了，少了河豚就糟了。连不太吃青背鱼的我，也觉得若是秋刀鱼没了，会很困扰。少了野菜，也会很麻烦。连海鞘和海参肠等珍馐美食，虽然并不受我青睐，但保不齐哪天也会想吃上一口。

但是，松茸，松茸真的不可或缺吗？

其实，少了它也无所谓吧。大家一到秋天便吵着嚷着要吃松茸，但就算整个秋天一口也没吃，就那么直接到了冬天，也不会有人注意。

我会这么想是因为松茸的价格。松茸的价格很诡异。九百八十日元的有之，五万日元的亦有之。我知道进口货便宜，国内产的较贵，也知道国内产的香味更丰富。但是，人们真的会只因"果然还是想吃好吃的松茸"便拿出五万日元吗？非也。大家平时打理三顿饭，再怎么敞开了花也只不过是五千日元左右吧（对不起，我就是这样）。若是有重要客人来访、搞个活动，或是有了笔临时收入，就算在这种特例下，顶多也就花到一万日元吧。

但是，我在买松茸的时候还是不免在意价格。本来只看目标价格就可以，但眼光往往会扫到陈列架上最贵的那一种，暗自感叹"嚯，五万。"我想象着千元与五万元之间有多大的差距，随后发现自己的想象力根本无法企及五万日元的松茸。拿在手上的三千或五千日元的松茸，作为食材已经够昂贵了，但凝视着它时仍会有一种吝啬的感觉，然后拖着沉重的步伐去结账。

这种时候，我便会想，松茸，非吃不可吗？国外的松茸能那么便宜地进口，因为对那国的人来说它并不是什么珍品。他们可能认为"这种有铅笔屑味道的玩意儿，我们才不吃"。如果我们的感官神经稍微改变一下，是不是也会思考："为什么这么多年，我们都把这种铅笔屑味道的东西当宝贝？"不过，这一天真的会来临吗？

话虽如此，今年什么时候来做松茸饭好呢？该破费到什么程度呢？在蠢蠢欲动中，步入了秋天。

芋头之谜

芋头，在我的人生长河中登场甚晚。与其说我记不清楚到底有没有吃过，不如说我就算吃了，也根本不知道那是芋头，对其完全没有概念。我对许多食物都有着明显的好恶，并且好恶程度异常之深。但我连有没有把芋头归为讨厌的食物都不记得。不，还是应该说，我对芋头毫无概念。

第一次认识到"啊，那是芋头"是在三十五岁以后。我在酒馆点了一道"衣被[1]"，它柔滑 Q 弹的口感令我稍受感动。但是当时我以为"衣被"就是这种食材的名字，"形状有点像芋头，但应该不是同一种东西吧"。会让我产生这种想法，芋头到底是被我忽视到了什么地步啊！

---

1. 译注：将小颗的芋头连皮蒸熟，剥皮后食用的下酒菜。原指斗笠等日本古代女性外出时用来遮住脸和披在身上的衣物。

第一次做芋头料理，也不过是在几年前。电视上的料理节目中教了日式咖喱的做法，我看了觉得应该会很好吃，便就学着做了。这道日式咖喱的材料有猪梅花肉、洋葱、萝卜、牛蒡、胡萝卜、芋头。在超市里，我嘴里咕哝着"芋头、芋头"，频频看向被我装进手中购物筐的、包着塑料袋的芋头，最后，还是把它放回架上，走到冷冻食品区。因为我不想对付这种沾了一堆泥巴、外皮粗硬的玩意儿。

冷冻食品区里果然摆了芋头。冷冻的芋头已经被处理过，削去了沾满泥土的外皮，而且还都被修整成了圆乎乎的形状。方便至极。

日式咖喱里的芋头比想象中还要好吃。自从芋头空降到我的生活中后，我便开始频繁地用它做松肉汤[1]或炖煮。

有一次，我怀着忐忑的心情买了带皮的芋头回家烹煮，结果让我极度懊悔。懊悔什么呢？就是我以前用的竟是冷冻芋头那种敷衍的东西。

仔细想起来也无可厚非。但带皮芋头和冷冻芋头截然不同。不论是风味、口感，还是黏稠度，都不同。这差距，就像蟹肉棒与帝王蟹的蟹脚之间的差距那么大。

处理带皮芋头非常麻烦。先要洗去污泥，削去长满奇怪须根的皮，随后撒上盐揉搓，再上锅煮透。只有做到了这一步，才能用来做菜。如果是秋刀鱼，早就烤好了。

但是，但是即使如此，就冲着那风味、口感和黏稠度，我还是要选择带皮芋头。

---

1. 编注：一种由中国传入日本的素食汤，也被称作"建长汁"。将豆腐和切成细丝或长条状的各式蔬菜加油炒后再加清汤制成的菜肴。

　　我本以为芋头只适合用在日式料理中，却没料到它和西式料理也很搭配。与鸡或猪肉一起炖煮的话，并不需要前述那些复杂的处理过程。芋头的黏性会使汤汁更加浓稠，因此可以少放一些黄油和面粉。

　　最简单的一种做法，是用法式高汤、牛奶、鲜奶油来煮芋头，等汤变成浓浆状后，再加入奶酪放进烤箱，做成法式奶香焗烤。主料就算只有芋头，也是十分美味。

　　前面提到的那家居酒屋，还有一道"炸芋头"料理。点了之后，侍者端来了切成六角形的炸芋头，本以为只是清炸，但送入口中时我忍不住"哇"地发出了一声小小的感叹。同行的朋友吃了一口后，也"哇"地叫出了声。它真的出奇地好吃！表面炸得酥脆，但里面却极其绵软，而且完全吸收了高汤的味道。

　　"怎么这么好吃！怎么会，怎么会？""怎么这么好吃呢？""你说嘛，怎么这么好吃？""真的，什么呀这，到底是什么啊！"我和朋友像白痴一样，你一句我一句。回去前，我向前来送客的店员询问做法。他说是先用高汤熬煮，熟透之后再下油锅炸。光听这样好像很简单，但我敢肯定实际制作的时候，肯定很麻烦。我当时虽下定决心打算"好，我也来做做看吧"，但最后还是没做。

　　开始买带皮芋头后，有段时间我对芋头的形状产生了一番思索。如果它长得不是这么凹凸不平，也没有那么多奇怪的须根，而且不用事前处理的话，相信芋头一定会更受大众的喜爱吧。因为芋头不仅卡路里含量很低，而且营养价值还很高。如果用芋头来做可乐饼，也更容易把面团揉圆。为什么它不能长成更加光滑、更容易削皮的形状呢?

不过，吃芋头的频率变高之后，我渐渐觉得削皮也没有那么麻烦，也不再那么介意芋头凹凸不平的表皮和杂乱的须根了。但怕麻烦的我还是把搓盐、煮烂这些工序省掉了，没想到竟然也没什么影响。

只留下了一个谜题：为什么我之前那三十多年里，都不认识芋头呢?

菇之回想

香菇、平菇、栗蘑[1]、口蘑、金针菇、松茸，总的来说就是蘑菇。

我第一次吃蘑菇是在三十一岁。在此之前，我顽固地拒绝吃它。首先，我讨厌它的颜色。黑色或褐色，还有诡异的白色，讨厌。形状也讨厌。像是香菇或蘑菇内侧的谜样皱褶，口蘑菌伞的模样，等等。我用各种任性的理由将蘑菇拒于门外。现在回想起来，当时固执得还真是彻底。在外面吃的杂烩饭或蛋包饭里哪怕再小的蘑菇，我都要挑出来，什锦饭里长长的香菇片也会被我悉数夹出。上大学的时候，我的这种吃法被许多朋友和学长责备，令我十分惊讶。我反驳："又不是从你的饭里挑出来，有什么关系？"但他们说："很碍眼。""很难看！""令人想吐。"炮火依然猛烈。最不可思议的是，生气的一律是男生。

---

1. 编注：舞菇，又名灰树花。具有很高的食用及药用价值。

不过，我还是不吃。在我的成长过程中，一次都没有因为"被骂"或"被纠正"而开始吃某种东西。

第一次吃蘑菇的经历，对我来说，就像第一次交往的男人一样令人难忘。

第一次吃的蘑菇是栗蘑。那时我三十一岁，季节为冬季，地点在秋田县的田泽湖[1]畔（啊，真的像是在回忆逝去的恋情）。那次去秋田不是去旅行，而是为了采访。我们在雪中采访了一整天，晚上我们去酒馆吃烤年糕火锅[2]。那锅里，就有栗蘑。

那时我的食物革命正在巅峰期。记得前面也提到过，我到了三十岁便抛开好恶，努力尝试所有食物。在那时，我对事物的好恶已然减淡了许多。所以，尽管栗蘑的颜色仍是以前我所极力抗拒的那种黑色，形态也一如既往的颤颤悠悠，我仍鼓起勇气吃了下去。

哎呀，很好吃嘛！我在心底自语。之所以没说出口，一是因为我不想坦白这三十一年来，自己是躲着蘑菇活过来的。二是我觉得，轻薄地赞叹"哎哟，真好吃"，对栗蘑又太失礼了。

此后我陆续开始尝试各种蘑菇。口蘑、金针菇、平菇和香菇，每次吃后都觉得"讨厌，很好吃嘛"。尤其是香菇，香菇好吃的程度，让我打从心底反省自己迄今为止对它的误解。

我简单地将三十岁食物革命后，我开始吃的食物做了一个分级。第一级是令我对于从没吃过这件事极度后悔的美食。第二级是虽然并

---

1. 编注：秋田县，位于日本本州岛东北部，西邻日本海。田泽湖，日本最深的湖泊。
2. 编注：秋田县特产。把煮好的米饭捣碎，涂在木串上烤制后切成小块，加鸡肉、蔬菜煮成的火锅。

没有太过后悔，但觉得"能吃到它真是太好了"的食物。第三级是平时就能吃，但没什么特别感觉的食物。第四级是平时虽然敢吃了，但并不喜欢吃的食物。第五级是虽然挑战了几次，但还是吃不下去的食物，就是这五个级别。而香菇以压倒性优势被我分入了第一级。

放在铁网上烤过后淋点酱油就很好吃，用奶油炒也很美味，放入炖煮料理中也不错，炸成天妇罗后味道更是超级棒。不论日式、西式还是中式，它都能不失本色地融入各色料理中，连放进咖喱，都十分美味。

基本上，不管是香菇还是口蘑，除了松茸之外的蘑菇都极少成为主角。虽有煎香菇、铝箔烤蘑菇等料理，但它们都不是主菜。蘑菇多是在肉或鱼做主角时，充当配角，作为主角们的点缀，或者成为装点餐桌用的配菜。然而它们丝毫不以为意，偶尔家族总动员来一道"醋渍全菇"或是"全菇火锅"等气派的料理，也能让人打从心底感到愉悦。

最近我接了一份工作，要向蔬菜达人学习蔬菜常识。从他们那里我得知香菇分为"菌床"香菇和"原木"香菇两类。后来我到超市，仔细阅读香菇的包装，果然发现在标签下方写了小小的"菌床"二字。在蔬菜达人那里，我试吃了两种菇来做比较，结果发现原木菇要比菌床菇美味多了（相差之大令我大吃一惊），所以我到处寻找原木香菇，但未能找到。

某些香菇贵得离谱，一包两朵竟要九百八十日元。并且这种傻贵傻贵的香菇也标着"菌床"二字。如果有机会找到标有"原木"二字的香菇，请各位务必买一次吃吃看，因为其中韵味完全不一样！

不过，我虽然成了一名爱菇女子，但有一种菇我是绝对不吃的。

不过说起来那并不算是一种天然食材，而是一种加工食品。那就是金针菇，放在瓶子里的那种金针菇。

理由如下。

这种瓶装金针菇是父亲的最爱，除了父亲之外，其他人都不屑一顾。不吃蘑菇的我当然不用说，平时爱吃蘑菇的母亲，应该也觉得那瓶子里渗出的"黏腻感"特别恶心吧。父亲的饮食风格是典型的饭不离酒。从小菜开始晚酌，慢慢地连菜肴都拿来当下酒菜，一路喝下去，最后才吃饭。而咸菜与金针菇便在此时上场。

由于母亲极度洁癖，原来我家里禁止直接用自己的筷子夹菜。不管吃什么，都附有公筷母匙。但是，只有这金针菇不在禁止之列，属于自由区。因为只有父亲一个人会吃。父亲嫌用汤匙或公筷舀金针菇太麻烦，总是把自己的筷子伸进金针菇瓶里。

这么一来会有什么结果呢？在瓶子内侧偶尔会留下几颗饭粒，极其偶尔。可能到了该吃米饭的时候，父亲已经醉得差不多了，对这种小细节也不太放在心上。我每次都会凝视着那些饭粒，尤其到了青春期时，看到那些饭粒便会浑身起鸡皮疙瘩，心想："呃，好恶心，黏了饭粒的瓶装金针菇。"别说是青春期了，就算现在看到，心情也肯定无法保持愉悦吧。那金针菇瓶里的饭粒，该怎么说呢，既悲哀，又滑稽，又丢脸，让人突然感到"人生真空虚啊"。

不过，如果让现在的我吃的话，也许会出乎意料地觉得好吃吧。不管怎么说，我既然遗传了父亲对酒的喜爱（母亲不喝酒），说不定也遗传了爱吃金针菇的习惯呢。

和洋鲑

　　若让我从鱼和肉中选择其一，我绝对选肉。但有两种鱼，我自小和它们的关系便十分密切，那就是鲑鱼和竹笑鱼干。在我看来，鲑鱼段和竹笑鱼干，是关东地区家庭早餐餐桌上的常客。不过也可能并非如此。鲑鱼和竹笑鱼干与纳豆一样，都是我从小吃到大的食物，其中没有骨头的鲑鱼最受我的青睐。

　　在我从小到大的观念中，说到鲑就是烤鲑鱼。而说到烤鲑鱼，便是盐鲑了。像我这么无知而且兴趣狭隘的人，一旦相信，就会顽固地把它当成事实，直到长大成人，度过青春时光，迈入中年。不论在成年人阶段的巅峰时期，还是青春正盛的岁月，对我来说，鲑鱼就是盐鲑，也就是早餐吃的东西。

　　我由于吃肉吃得太多，得了高血脂，因此在三十五岁之后，我的晚餐渐渐改成吃鱼。直到这时，我才终于知道了生鲑鱼的存在。

一次，电视的料理节目上做了照烧鲑鱼。由于看起来很简单，所以我那天下班回家时顺道买了鲑鱼，照着做法试做了一次，结果却咸得要命。我满心不解，第二天又到鱼店的摊子前，把陈列的鱼仔细观察一遍，这才终于注意到盐鲑和生鲑鱼的不同。于是买回了真正的生鲑鱼，再一次挑战。哦哦，这次果然做出了相当美味可口的照烧鲑鱼。

但是令我感到混乱的是，没想到居然有那么多种料理，不管用带有咸味的鲑鱼还是生鲑鱼，都可以做得出来。举例来说，嫩煎鲑鱼、南蛮渍鲑鱼等，用薄盐鲑鱼来做也很可口。炖煮鲑鱼和煎鲑鱼也是。

更令我混乱的是，鲑鱼分为红鲑、时鲑、银鲑，还有大西洋鲑鱼、帝王鲑、鳟鲑，等等，种类实在太多了。哪种鲑鱼要用什么烹调方法才好吃，口味最好的是哪一种，要想的实在太多。我由于嫌麻烦，都是到了鱼店直接按照价格，选一条价格适当的鲑鱼回家烹调。选择平价的鲑鱼并非吝啬，而是认为它是时令的指标。

鲑即盐鲑，是早餐的配菜！如果事实真的仅此而已的话，一切就都简单多了。

不过，我小时候吃的鲑鱼，真的能咸死人。光就着一块鲑鱼我就能把白饭吃光。边缘的部位更是格外咸，吃着十分过瘾。不过，最近的鲑鱼大多都是薄盐的，不太找得到那种吃起来会让人喊咸的鲑鱼……我这么感慨着，突然发现，鱼店的一角其实还在卖着标有"超咸"字眼的鲑鱼。

令人不可思议的是，这种超咸鲑鱼价格最贵。普通的鲑鱼一段只卖两百日元左右，而超咸鲑鱼竟卖五百日元。"哇，好贵啊！"虽然

心里在淌血，但在乡愁的驱使下我还是买了。当天晚上我就把这片鲑鱼烤了，简直是咸得我快要昏厥。就着一口鲑鱼肉就可以吃下一碗饭，然后再就着嘴里残存的咸味，还可以再吃一碗，就是如此之咸。从前吃的鲑鱼虽然也咸，但还没到这种地步……

我在西雅图吃的帝王鲑，是至今吃过的最美味的鲑鱼。西雅图这个地方，是以美味的海产而闻名的，不过当时我并不知道。记得在当地时，随处都吃得到奶油蛤蜊汤，它从没让我们失望过。那美味的程度，让人真想一辈子这么吃下去。

那次是因公出差去的西雅图。同行的美籍编辑酷爱海产，嘴里不停地念叨着"鱼、鱼、鱼"。旅行期间，为我张罗了一切的侨居西雅图的日本朋友，在最后一晚带我们去了一家距市中心一小时路程的餐厅。他说这家店做鱼饱受好评，是特地为那位对鱼肉望眼欲穿的编辑选的。

于是，那位爱鱼的编辑盯着菜单良久，脸上带着纠结的神情，兀自喃喃自语："吃蟹脚？帝王鲑？还是白肉鱼 [1]……"难以抉择到苦闷的地步。他像是为恋爱烦恼的年轻人般，皱着眉头和负责点菜的老侍者商量起来："我想吃蟹脚，但帝王鲑也很诱人。那来一份拼盘套餐（主菜料理各选一点配成的套餐）怎么样……"我吃惊的是，老侍者一脸认真地聆听他的话，不时点一下头，有条不紊地向他建议："如果你想吃得满足，还是不要选拼盘比较好。你是美国人吗？常来西雅图？是吗，住在日本……这样的话，我建议你点帝王鲑。蟹肉哪里都

---

1. 编注：已去皮剔骨的鱼肉。

能吃得到，但帝王鲑，只有这一带才有，别的地方吃不到哦。"美国的这种文化，真是令人敬佩。

我听了侍者的建议，也点了帝王鲑。烤过的鲑鱼肥美多汁，甘甜松软入口即化，盐的用量十分绝妙，啊，真是太好吃了。吃完后我深深体会到，日本人所说的鱼的美味，与美国人眼中的真是截然不同。

我后来又有一次想吃帝王鲑。"那就自己动手烤吧！"如此暗暗决定之后，便去鱼店买了一条。但由于完全不相信自己也能做得那么好吃，最后还是把鲑鱼用酱油、酒、味啉腌了一下，再一次做成了照烧鲑鱼了。管他呢，日本的鲑鱼当然还是照烧最对味嘛。

鲑鱼子之爱

一到秋天，鱼店的摊子上便会摆出一种不可思议的东西。有很长一段时间，我都会瞪大眼睛，盯着那神奇的东西，内心思忖："这到底是什么玩意儿啊？"

上面写着"生鲑鱼子"。它跟我印象中那带着艳丽光泽的腌鲑鱼子并不相同。倒是和筋子[1]很像，但不像筋子的形状那么完整，那是刚从鱼肚取出来的鲑鱼卵。

那么，这该怎么做呢……生鲑鱼子能煮吗？能烤吗？还是得与其他食材混在一起炒呢？

长久以来，我总是怀着这个疑问，傻盯着鱼店摊子前的生鲑鱼子。

直到三年前我才知道，生鲑鱼子可以做成酱油腌鲑鱼子。我最熟知的、发出艳丽光泽的腌鲑鱼子，原来可以自己做！

---

1. 译注：腌制过的，包着鲑鱼卵的整条卵巢。

鲑鱼子是我的最爱，但是市面上卖的都是装在小瓶子里的，量很少却还很贵，经常买来吃实在是种奢望。不过，如果能自己用生鲑鱼子制作腌鲑鱼子的话，不但价格便宜，而且随时都可以吃，哇！对此充满了期待的我立刻向人请教做法，并买了生鲑鱼子，准备向酱腌生鲑鱼子发起挑战。

首先在碗里倒进温开水，随后将生鲑鱼子倒进碗里，让它们不再互相粘连。搅散装在透明袋子里的生鲑鱼子这道工序，令人想起小时候玩青蛙卵的情景，触感也真的非常相似。就算稍微用力一点，鲑鱼子也不会破。

把生鲑鱼子搅散之后，就可以来制作酱油酱汁了。把高汤、味啉、酒、酱油用小火煮开，等它冷却后，将生鲑鱼子放入其中腌制即可。只需一晚，刚从鱼肚里取出的生鲑鱼子，就能变成带着艳丽光泽的腌鲑鱼子了。

自己做的话，可以调节味道的浓淡，腌制用的酱汁里还可以加入山葵，做成有山葵风味的鲑鱼子。最令人兴奋的是，做出来的量相当多。

平时只会嘟囔"肉，肉"的我，其实从懂事时开始，就非常爱吃鲑鱼子这类鱼卵。

小时候，我不仅好恶的食物多，而且吃法也和酒鬼老伯伯很像。我从不把饭和菜一起吃。明明没喝酒，也一定先要打游击似的把喜欢的菜扫一遍，然后才吃饭填饱肚子。但是光吃白饭难以下咽，这时，一些"下饭菜"便登场了。

我妈可能由于经历过战争和战后重建时期，所以对待食物极其执着。其他经历过战后重建时期粮食短缺之苦的大人，经常会说"不可糟蹋食物""碗里绝对不可有剩饭"。但母亲却相反，她的观念似乎是"只吃喜欢的食物也无妨"。所以，不论我的饭菜吃不干净，还是像酒鬼一般的吃法，她都一概不干涉，也不责骂。不仅如此，她还常为先吃菜、最后再吃白饭的我，备下饭菜。

但是再怎么说，也没办法常备鲑鱼子，最多也只有筋子。鲑鱼子是寿司店用在握寿司上的特殊食材，我吃握寿司的时候，总是先把鲑鱼子拨到一边，留到最后再来享受咬破鲑鱼子那一刹那在口中爆浆的快感、若有若无的黏稠感，以及高贵的咸味。

长大独居之后，鲑鱼子对我来说仍是一种特别的食物。只有别人送给我一些新米时，我才会一咬牙去买些鲑鱼子回来做成鲑鱼子盖饭。终究还是没办法经常吃到。虽然市面上也有很便宜的鲑鱼子，但便宜货吃起来有种冒牌的味道。那种黏稠感，以及每一粒鱼子与其内在汁液的结合度，感觉上假假的。

在外面吃饭的时候，只要看到菜单上有"鲑鱼子盖饭"，心底就会有种异常的兴奋，使我忍不住去点它。我应该是从心底里爱着鲑鱼子吧。

能自己做腌鲑鱼子，是多么幸福的事啊。那么久以来，我只能站在鱼摊前，盯着生鲑鱼子瞧，想起来实在懊恼。早知道就早点去买来做了。

秋日，我一次又一次地做着腌鲑鱼子。享受着一打开冰箱，就能看到闪耀着红宝石般光芒的鲑鱼子的幸福。只不过吃多了，有点胃酸过多就是了。

冬日非吃不可

| 最让我雀跃不已的，就是冬天的那一声：烤——番——薯——哟！|

向番薯谢罪

我在三十岁以后才开始吃的食物异常的多，但也有相反的。年轻时爱吃得不得了，时常会买来吃的食物，突然某一天开始就不再吃了。

那就是番薯[1]。

我从小就一直爱吃番薯，直到二十五六岁。打开便当若是发现里面有煮番薯，我甚至能高兴得从喜极而泣再到破涕为笑。

父亲那边的亲戚家请客办席的时候，一定会端出天妇罗，而这家的婶婶用番薯做的天妇罗特别好吃。只要去他们家，一看到天妇罗上桌，我便再也不顾炸虾和茄子，从头到尾就光吃番薯。连亲戚们都忍不住惊叹："哎，这孩子这么爱吃番薯啊！"

这种天妇罗真是太美味了，所以我也会经常缠着母亲让她做给我吃。不过，姑且不论用其他原料做成的天妇罗，单从番薯天妇罗来讲，

---

1. 编注：即地瓜、红薯、甘薯、山芋等。

我母亲做的比不过那位婶婶。

我也喜欢吃甘薯饼。放学回家时，我会绕到点心店，买甘薯饼回家当晚饭前的点心。在商场第一次看到"松藏POTATO[1]"时，我兴奋地叫出了声，随后买了几个。但是甘薯饼的价格并不低，不论是就作为原料的番薯来说，还是就甜点来说，还是就一个高中生来说，都太贵了。很想肆意大吃甘薯饼的我，又再次央求母亲教我甘薯饼的做法。

此外，还有那个。最让我心头雀跃不已的，是那个。对，就是冬天的那一声"石——烤——番——薯——哟——，烤番薯——"。

不论天妇罗、煮番薯，还是甘薯饼，我家都能做出还算地道的菜式（我可以求母亲做），但是唯有石烤番薯，我在家里无论如何都无法复制。那个老板烤的石烤番薯，就是那么好吃。

上初高中的时候，我有时会磨磨蹭蹭地直到入夜还不睡，突然听到一声不知从哪里传来的"烤番薯哦"，我便走出房间，下了楼梯，兴奋地告诉母亲："妈妈，烤番薯的来了！"就在母女俩考虑着"怎么样？要不要买？"的时候，"石烤番薯哟，烤番薯"的声音越来越近。"哎，不快点就没机会了！"母亲霎时被烤番薯打动，抓起钱包就往门口冲。这种状况在我家经常发生。

夜里的石烤番薯，是禁忌的美味。初中二年级突然开始发胖的我，到了高中时体重更是直线狂飙。我天天思量着，必须想点办法减肥才行。我对于晚上九点以后不能吃东西、零食绝对禁止等常识都了若指掌，一面告诉自己："这个时间不能吃，绝对不能吃！"一面把包在

---

1. 编注：日本一家有名的甜点连锁店，专卖加工过的番薯。

报纸里的石烤番薯剥开。氤氲的热气扑面而来，里面露出难以形容的金黄色，我喃喃说："可是怎么能不吃呢！"啊，这种禁忌的快乐啊！

二十三岁出道成为小说家时，我一个人在外独居。白天，我在独居的公寓里写小说，写烦了小说，就玩游戏。那时，我听见了一个极具诱惑的声音。"石烤番薯哟——，烤番薯——"，不知什么原因，跟在老家听到的惊人地相似。难道那个叫卖广播全国通用吗？踌躇片刻，我拿起钱包跑出房间。一星期里连续这样买了几次烤番薯之后，老板可能是出于对我这个白天总是有空飞奔出来买番薯的人的关心，对我说："小姐，我帮你介绍一个工作好吗？这附近有一家荞麦面店，他们在找外送员呢。"

曾经那么热爱的番薯，猛一回神却发现自己不再爱吃了。当然并不讨厌，但不会再想要自己买来吃了，不管是番薯还是烤番薯。

直到不久前，我到平时常去的蔬果铺去时，摊子上摆的番薯映入了我的眼帘，它们带着些娇羞的红紫色，形状典雅而俏皮。我久久凝视着它时，恍然发觉了一件事，并为之愕然。

"自己学会下厨这十几年来，竟然从没自己主动买过番薯，也没有烹调过番薯。"

我蓦然间发现的这件事，实在惊人。明明曾经那么喜爱它，却从来没有买过，宛如早已遗忘的旧情人。

已将它遗忘这件事，令我油然生出罪恶感。我伸出手拿起番薯，它既不轻也不重的中庸感，无来由地显出一点哀愁。"要是用来煮的话要怎么煮？像南瓜那样？做成天妇罗的话要简单些，不过我现在不想吃天妇罗啊。石烤番薯是不可能了，还有什么其他做法呢……"因

今天也谢谢招待了

为没买过，我连番薯该怎么处理都不清楚。

啊，不裹面衣，直接放进油里炸怎么样？我突然灵光一闪，便买了下来。

我把番薯切得像薯条那样又长又细，在平底锅内倒入大量的油，直接清炸，炸到金黄酥脆为止，意外地多花了一些时间。把炸好的番薯捞出来，沥干油，撒上盐吃。嗯，嗯，真好吃!

嗯，嗯，真好吃。曾经那么热爱的食物，这点感想算什么啊！番薯，对不起。

父亲与白菜

白菜为什么会那么大个儿？

尽管个头儿那么大，但到了冬天价格便会直线下降，到最后，四棵傻大个儿白菜用绳子捆起来，才卖个五百日元。令人觉得既实惠又哀伤。而且，每次看到大白菜，我都会想起父亲。

我在文章里经常提起母亲，但甚少写到父亲。小说中，也很少有男性出现。追究原因，可能是因为我自己对父亲不太了解。

父亲在我十七岁那年的秋天就过世了，所以，从现在来说，我不了解父亲的时间比了解他的时间还要长。再除去我懂事之前的时间，以及青春期女孩特有的（总是看爸爸不顺眼）时间，我了解父亲的时间就更短了。

由于对父亲不太熟悉，能唤起我对父亲回忆的事物自然也很少。白菜便是这少数中的一个。

我父母是典型的昭和时代的人，尽管两人都在外工作，但父亲对家事一概不理，母亲也一概不准他做。连用水壶烧开水都不会的父亲，唯一会自己去做的就是在冬天腌咸菜。

先买来整批白菜，撒上盐、辣椒，塞进门口的巨大木桶。盖上盖子之后，再把宛如凶器般的咸菜石压在上面。随着时间一天天地推移，盖子会越来越低。

我问过母亲，爸爸那个人平时什么事都不做，为什么咸菜却要自己腌呢？母亲回答："因为他自己要吃。"

的确，冬天每晚餐桌上出现的咸菜，吃得最多的就是父亲，我和家人都只是作陪的程度。父亲先把菜就着酒吃掉，到了吃米饭时便不再配菜，只吃咸菜。

为了配合父亲边喝酒边吃菜的习惯，母亲会准备好几种父亲专用的下酒菜，但我从不觉得父亲吃的菜看起来吸引人。何况我本来就是个对食物好恶强烈的偏食儿童，不论榻榻米沙丁鱼[1]、咸鲣鱼肚还是凉拌海鲜，我都光看就觉得恶心。但是，晚饭吃到最后，父亲吃的腌白菜，看起来却非常诱人。虽然我自己也吃，但是父亲吃得让人看着就觉得特别好吃。不管是他嘴中"吧唧吧唧"的声音，还是从他嘴边流下的酱油。

父亲过世之后，再也没人能用那个大木桶腌咸菜了。木桶不知何时消失了。那块宛如凶器一般的咸菜石也一并不见了。

身为昭和夫妻，父母绝不会互相说"我爱你"或是有什么亲密接触。反而是母亲经常说父亲的坏话。父亲过世一段时间后，我们一同吃晚饭时，母亲冷不丁蹦出一句："你爸做的腌白菜真好吃呢。"令

---

1. 编注：以天然晒干的日本鳗幼鱼，层层叠叠制成的网状鱼干。

我大吃一惊。该怎么说呢？那句话让我觉得，它与爱有着根本上的差异，但除了真情之外，我真的不知道该用什么词来形容它。而且，那份真情比爱更炽热，更坚固。

我当然不会做腌白菜，也没买过。在外面吃饭的时候，若是有，我便吃。虽然觉得可口，可也不会到咸菜店买。说不定都是因为母亲那句"你爸做的腌白菜真好吃"的缘故。我虽然不怎么能够记得起来，但凭着那句话，父亲的腌白菜成了完美的美食，我下意识地认为，外面买的产品没有一样比得上它。

因此我买白菜，都是专门为了做某道料理而买。而且都是切成四分之一的白菜。

我从不买半棵高丽菜或莴苣，所以对我来说，买四分之一棵白菜时，会感到些微的挫折感。"啊！败给它了。"我是抱着这种想法买的四分之一棵白菜。因为它们实在大得太过分，就算半棵也很难切。

把白菜和猪肉一层一层地叠放起来，加点酒和水，用足量的黑胡椒煮至软烂——我第一次做这道料理时，心里很是感动。淡泊的白菜，就算与火腿、牛奶一起煮成西式料理，也很好吃。我偶尔光顾的酒馆里，有一道用白菜心和咸海带拌成的沙拉，我也学着做过。饺子里若用白菜，而非高丽菜，做出来就会特别松软。

最近我找到了一种迷你版的白菜。它维持着白菜原有的形状，只是尺寸缩小了。嗯，真方便呢。我拿起它，再看看隔壁普通尺寸的大白菜，那种实惠却带着哀愁的感觉更加强烈了。

说起来，"看似实惠，却带着莫名哀愁"的感觉，就和父亲在我心中的形象一模一样。

莲藕哲学

　　我原本对莲藕并没有什么疑问。以前讨厌青菜，但不知为何对莲藕却能照吃不误。刚学做菜时，我有几道不用看食谱就能做的菜，其中有一道就是金平[1]莲藕。比起用金平牛蒡，这道金平莲藕更加对我的胃口。

　　我第一次对莲藕产生疑问，是在酒馆看到芥子莲根[2]的时候。

　　不知是同行的哪位朋友点的这道菜。店家送上来的莲藕，洞孔的部分是黄色的，而且周围也镶了一层黄。第一次看到莲藕这么奇妙的模样，让我无法转开视线。

　　在别人的推荐下，我惶恐地尝了一口，并又立刻因黄芥末并不辛辣而再次感到惊讶，随后陷入了不解的沉思中。

---

1. 编注：将食材切成细丝后加入酱油、砂糖拌炒的料理方式。常用来制作牛蒡、莲藕。
2. 译注：用黄芥末粉混着味噌，塞满莲藕洞孔，然后再裹上混入了蛋液的小麦粉油炸。

到底是谁想出的把黄芥末塞在莲藕中呢？不，我真正的问题并不是这个。而是，为什么莲藕会生有洞孔，以至于让人想把芥末塞进去呢？

洞只有被填平，才会让人注意到它的存在。原本一直"空"着时并没人会在意，"空"只有在被填平、消失后，才会被人发觉。颇具哲学韵味。

经过一番调查之后我才知道，原来莲藕的空洞中可以填入很多种食材，明太子啦、肉啦，等等。被填了那么多料，莲藕啊，你会做何感想呢？

到了冬天，朋友会送来裹了泥巴的莲藕。我问他这沾泥的莲藕是不是能够存得像马铃薯那样久，结果得到了否定的回答，因此我在很短的时间内就把它吃完了。以前，提到莲藕，我只会用它做炒金平、炖煮、味噌汤、猪肉汤、沙拉和炸莲藕片，但最近我又学会了另一招。

于是又产生了新的疑问。

莲藕即使不用淀粉等材料黏合，也能揉成丸子状。而且，虽然直接吃时口感很爽脆，但揉成丸子之后，不知为何会变得软弹。莲藕不只是形状奇妙，经过切或揉等工序，还会产生如此变化。立身处世的姿态会随时变换。莲藕好像又亲身来向我们传达了一些带有哲学意味的暗示。

将鸡肉馅和香菇包入压成泥的莲藕中，揉成丸子后上锅蒸，就能做成莲藕包子，并且每个包子都保持完美的球形。如果不用蒸的，拿去炸也行。炸后再倒上带有生姜味的葛粉芡汁，便可做成一道看起来相当气派的料理。

若在虾仁蒸饺里加进莲藕，就又能在弹牙的口感之外再增加几分绵软，十分美味。

做汉堡肉的肉馅时，同时加入莲藕泥和莲藕碎丁，便也能同时享受到爽脆和绵软的口感，同样非常好吃。

味道虽好，但我心中的问号还是没有消除。莲藕没有空洞也行啊。就算磨成泥不绵软又有什么关系呢？莲藕啊，你究竟想以自身的存在教会我们什么道理呢？

到朋友家玩的时候，朋友给我做了一道清烤莲藕，调料只用了盐。切成厚片的莲藕带着有如煎过一般的焦香。我不假思索地夹起一块一口塞进嘴里，不禁仰身大赞。太好吃了，我忍不住说："莲藕居然也能做得这么好吃！"

不，我的意思是说，我知道莲藕很好吃，但万万没想到，它就算只是烤一下，也能散发出如此令人感动的美味。看来是我小看了它。不过，真的很好吃。这种厚片清烤的莲藕，能同时保有爽脆和绵软这两种口感。

我回到家便迫不及待地学着做了一次。把莲藕切得稍厚一点，两面抹上一层薄薄的淀粉，再用橄榄油噼哩噼哩地小火慢煎。煎至通透且两面带点焦黄色之后取出，撒上可口盐[1]。一定要用可口盐才行。现在这种吃法成了我最喜欢的一种。既简单，又好吃得令人眼睛为之一亮。

有人送过我一种莲藕甜点。是包在竹叶中的和果子[2]。莲藕被做

---

1. 译注：一种料理专用的藻盐品牌。
2. 编注：指日式点心，与西式点心相对。

成了点心，而且还是甜的点心。

这种和果子是用莲藕做的！是用做菜的材料做的！是用平时或煮或烤或磨成泥，最后还得调成咸味的食物做的！这个事实给我造成的打击之大，连我自己都觉得不可思议。所以我并没能好好品尝那份点心的味道，也就无法在此处为各位描述，只微微记得它十分绵软。

不过我心想，莲藕呀，你也不用非做成点心不可吧。一旦跨出那一步，你的空洞里就可能被填入豆沙，做成"豆沙莲藕"，或是被填入卡仕达酱[1]，做成"卡仕达莲藕"哦！莲藕，真是容易让人产生杞人忧天的心情。

---

1. 编注：在牛奶蛋糕中加入面粉或玉米淀粉等食材，经加热而成的糊状食物。

蟹沉默

　　每当到日本的观光胜地去旅行时，一定会遇到中老年太太团。她们一心只关注食物，在特产一条街上买了当地特产边走边吃，同时继续试吃其他特产，再继续买入；还会在广受好评的店家门前排成一列，边等边放声讨论当天晚上吃什么。如今，我非常能够理解这些中老年太太的心情，因为我自己也成了她们中的一员。

　　我一年比一年地贪恋美食，一听到哪里有什么好吃的，便会忍不住想要去吃。甚至会不远千里跑到当地，只为吃上一口那里的特色美食。我的地理不是很好，即使问我"×× 在哪个县的隔壁"我也说不出来，但如果问我"在 ×× 有什么非吃不可的美食吗？"我一定能马上答出来。

　　三年前的二月，我去了鸟取。两年前的一月，我在福井。至于上星期，我则在岛根。我没有办法说出这三个县的正确位置，但我可以立刻说出它们的共同点，"冬天有蟹"。这种回答别说不值得炫耀了，根本就应该引以为耻吧。不好意思。

鸟取、福井和岛根这三个地方，我都是为工作去的。可是合作对象在说明到达当地之后的行程时，我却什么话也没听进去，只是全心全意地想着："将吃蟹排到了什么时候呢？"

平常老把肉啊肉的挂在嘴边，导致现在连初识的人递名片时也会问我："您喜欢吃肉吧？"这次去岛根，合作方的人也喋喋不休地向我解释："这次的停留期间没有预定吃肉……"哎哟，真是的！没有肉无所谓啦！何况我也没那么爱吃肉。我开朗地如此回答，然后轻描淡写地、仿佛临时才想到的芝麻小事般轻声说道："比起肉，岛根县不是以螃蟹闻名吗……现在不知是不是季节哦……"并在心里强烈地默念着："拜托一定要把吃蟹排入三餐之中。"

我在岛根停留了三天，其中有一个晚上吃了蟹。并不是我坏心眼的愿望实现了，而是同行的某人早就想着，冬天到岛根，一定要吃螃蟹。

一旦认真想吃蟹的时候，不论在旅行地还是自己居住的东京，我都会去光顾有蟹肉套餐的店家。

虽然都是蟹肉套餐，但每家店的套餐内容都各有千秋。有的在螃蟹上桌前会先上一份生鱼片拼盘，有的则会上蟹肉沙拉，另外也有的店会将蟹和青菜炸成天妇罗一并上桌。

就个人来说，我希望蟹肉套餐里只有螃蟹。这是因为我的胃口不大，没法全部吃完。万一一时大意吃太多别的食物，肚子都撑饱了，作为主角的螃蟹便吃不下了。同样的理由，到烧肉店去时，除了肉和泡菜之外，我从不点也不吃其他食物。

我不断揣测着岛根的螃蟹套餐里会有哪些菜色，直到工作结束后，我们一行六人到了螃蟹餐厅，翻开他们的菜单一看，真是打从心底感动起来。除了螃蟹之外，一样其他的菜都没有。水煮蟹、蟹肉火锅、蟹肉刺身、网烤蟹肉、蟹肉天妇罗，最后是蟹肉饭。全蟹宴，万岁！

很多全蟹宴的最后一道正菜都是蟹肉火锅，再以杂烩粥[1]收尾。这种吃法确实也挺好吃的，但我吃着却并不觉得有多开心。因为如果最后吃火锅的话，难得享受至此的整个套餐，便都成大杂烩了。并且一般到了最后一道菜上桌的时候，差不多所有人都已微醺，处于"没关系、没关系，全倒下去"的状态。连捞去杂质的工夫都嫌麻烦，产生"没关系、没关系，杂质也是高汤嘛"这种想法，就好像把珍贵、难得、少有的螃蟹丢进杂烩汤锅里一样，令人连声惋惜。场面会在一瞬之间变得粗鄙起来。

虽然蟹肉火锅不一定每个套餐都有，但清煮螃蟹却是所有套餐必备的，大多在套餐开头时出现，让整个场面静默下来。若是几个人围着桌子吃的话，就连桌子也跟着静默无声。这种时候，不知什么缘故，一定会有人说："螃蟹这道料理，一吃就会安静下来呢。"每次铁定都有。虽然心里明白，但好像不说出来不行。因为蟹而沉默太不自然了。

还有，没错，到了套餐尾声时，也一定会有某人说出另一句固定台词。

那就是："螃蟹为什么这么好吃啊？"而说这句话的人，就是我。

---

1. 编注：以剩下的火锅汤底煮成的汤饭。

二十岁出头，我虽然开始独居生活，但还不会做菜时，曾想出一道"蟹肉盖饭"。把白饭倒在碗里，打开蟹肉罐头堆在饭上，淋一点美乃滋和酱油后吃。怎么看都是独居年轻人的简易盖饭。蟹肉罐头价格高低都有，没钱的时候也能吃得起，而且相当好吃。年轻时的我，应该也会和在吃岛根螃蟹套餐时一样，喃喃地说"螃蟹为什么这么好吃啊"吧。

牡蛎澡缸路遥遥

现在我还记得第一次敢吃牡蛎[1]时的情景。大约六年多前，我到一位很会做菜的朋友 M 家喝酒，她端了放了牡蛎的奶油炖菜上桌。我考虑着要不要坦白说我不吃牡蛎，但转念想到 M 很会做菜，说不定这道菜里的牡蛎我能吃下去。犹豫了一秒钟后我吃了一口，"哇！"我对牡蛎的偏见烟消云散。当时我不敢吃贝类，尤其是鲍鱼和海螺。而在我狭隘的认知中，牡蛎可以说是鲍鱼和海螺类中的最强者。就是说，它有着最强的腥味、最费牙口的口感以及最苦涩的部位。但是其实牡蛎要比我认识的更温和一些呢。

我从小到大一直拒吃而且怕吃牡蛎，现在却一步一步地发现了新大陆。

我，敢吃牡蛎了，并且当场就因为它的美味而乐不可支地喊着好

---

1. 编注：即蚝，生牡蛎即生蚝。

吃、真好吃。这一幕我仍深深地记在脑海中。M 说，朋友送了她生牡蛎，所以她才叫我去。M 的先生辛辛苦苦帮我们剥牡蛎壳，我们则只负责配着白葡萄酒将它们一颗颗咕噜咕噜地吞下肚，而后齐声赞叹道："真是好吃啊！" M 的先生真是个大好人。

自从在 M 家初识牡蛎之后，牡蛎便极自然地进入了我的生活中。我与牡蛎的这种缘分——受邀参加了家庭派对，经人介绍后相互熟悉起来，最后非常自然地走到了一起——如果发生在人与人之间该有多好。可悲的是，人与人之间不知为何鲜少发生。

在食用牡蛎资历尚浅的人看来，牡蛎的形状相当诡异。不但褶襞会飘动，而且是黑色的，身上的一些地方膨起与否毫无规律，还嵌着一个像小圆镜一样的东西。吃惯了牡蛎的人会觉得"看起来真鲜美！"，但我若盯着它看久一点，则会渐渐地害怕起来，食欲也默默消退了。所以，不能看太久。买回来之后，立刻用盐水冲洗，眼睛一边看向别处，一边把水分沥干。

听说用萝卜泥来清洗，可以把牡蛎洗得很干净。但是难道就为了洗个牡蛎还得先磨萝卜？超级怕麻烦的我只这样试过一次，之后便再也不磨萝卜了。

与牡蛎混熟之后，我也知道了"ER"和牡蛎的关系。据说有"ER"的月份，牡蛎特别肥。所谓的"ER 月份"就是指 September、October、November、December 这几个英文单词中带有"ER"两个字母的月份。但是我觉得 January、February 的牡蛎也很好吃啊。不过若是从法语来看，一、二月也有 ER，用这种方式解释应该没问题。

爱上牡蛎之后，冬季料理的种类霎时扩增很多。炸牡蛎、牡蛎浓汤、焗牡蛎、酒蒸牡蛎、牡蛎土手锅[1]、牡蛎什锦饭、法式嫩煎牡蛎[2]。

不论是做浓汤还是焗烤时，我都喜欢先把要用的牡蛎裹上一层小麦粉，用黄油和白葡萄酒蒸煎，去除多余的水分之后再用。

听说长年吃牡蛎，成为牡蛎死忠爱好者之后，好像会梦到牡蛎澡缸。我听过好几个人陶醉地如是说过。意味着他们对牡蛎喜爱到想要泡进放满生牡蛎的澡缸里。这就和"想吃一次用水桶装的布丁"一样，都是爱的表现。

我吃牡蛎的时日尚浅，就算觉得牡蛎再美味可口，也还是没办法吃下那么多。"一澡缸的牡蛎"什么的，就算是想象，我想也还是婉拒为妙。以我的胃口，一次能吃下肚的牡蛎最多四个。就算对我说"敞开了随便吃"，我也完全不觉高兴。

在纽约的时候，我在朋友的介绍下去了牡蛎吧。那位住纽约的朋友向我介绍时说："我上次来吃了三十个。"天啊，三十个！真是活生生的牡蛎澡缸。而且她还力劝："你一定要试试熊本。"据说这是种虽以"熊本"为名，但并不是在熊本捕捞的牡蛎[3]。

这家餐厅虽然叫作"吧"，但白天也营业。它们的菜单上，将牡蛎作为主菜，搭配前菜和汤组合成了一份午间套餐。牡蛎的种类多到令人瞠目。在日本生活时，听说过的牡蛎就只有长牡蛎[4]和花缘牡蛎[5]

---

1. 编注：在锅缘抹上味噌的牡蛎火锅。

2. 编注：把牡蛎裹上面粉后用黄油煎炸制成的料理。

3. 编注：熊本牡蛎，原产于日本，后被改为在美国加利福尼亚培育。

4. 编注：主要分布于韩国、中国，常栖息在潮间带及浅海的岩礁海底，以其左壳固定在岩石上。

5. 编注：新型食用牡蛎养殖对象，个头较大，于夏季上市，在日本较受欢迎。

两种。但这间餐厅的菜单却如同酒单一般，密密麻麻写着各种牡蛎的名字和产地。不过写那么多我也看不懂，所以在确认其中的确有熊本之后，就点了一份主厨精选的组合餐。

牡蛎排列成美丽的旋涡状，用大盘子盛装上场。不过每一只都很小，大约只有日本牡蛎的三分之一大，大一点的约有一半。若是这么小，三十个应该吃得下吧。熊本牡蛎的个头不比蛤蜊大，不过正因为小，所以肉质紧实，且如奶油般浓郁，的确非常好吃。

虽然在国内外都曾切身品尝过它的美味，但我从未想去买带壳的牡蛎。因为光是开壳就很困难吧。如果有个像 M 的老公那样优秀的男人帮我开的话多好啊，我朦胧地想着。但是前几天，我还是趁着工作的空当，从网络上订购了北海道的带壳牡蛎。被工作逼得太紧时，我经常会做出这种无意识的举动。

带壳牡蛎送来了，但家里只有我一个人，只好戴起工作手套试着对它发起挑战。结果你猜怎么着，才开到第二个，我就领悟到了开牡蛎的诀窍。从下方握住牡蛎鼓起的地方，将水果刀插进缝隙，切断黏在上侧的贝柱，就可以轻松打开。没开口的牡蛎稍微蒸一下或烤一下，就会"呼"地微微张开口。

生牡蛎虽好，但最棒的还是蒸或烤。我一个人开壳，一个人斟上白葡萄酒，一个人将牡蛎一一吃下肚，感觉无比幸福。以前，我曾以为自己独立性太强，恐怕会发展到不需要朋友或恋人的地步，但我可不想成为独自到居酒屋喝酒的女人。但这一个人的牡蛎，岂不就像是自给自足的极度幸福吗？

非河豚不可

之前，我写到过某餐厅张贴出的"鳢·上市"公告，而就在几星期前，公告换成了"河豕·上市"。我连店家把"河豚"写成了"河豕"都没有在意，当下立刻生出"太好了，该去吃河豚啦"的念头。

知道世上有河豚套餐这种餐点，是我二十五岁以后的事。是为了给单行本的出版庆功，编辑带我去吃的。那是我生平第一次走进有河豚套餐的河豚餐厅。

河豚套餐清一色都是河豚，河豚生鱼片、油炸河豚、河豚火锅。令我大吃一惊。

二十多岁那段时期，我还处在严重的偏食状态。而且，我重视杯中酒远远多过盘中餐。第一次吃到河豚套餐虽然感到荣幸，但老实说，我当时心里想的却是："大家为什么要花那么多钱来吃这么清淡的食物呢？"但在那个年纪，比起河豚，还是青蚶、金枪鱼肚、特级韩式烤五花肉、沙朗牛排这些食物更能令我心满意足。

不过，我对那场河豚宴的印象其实非常深刻。对我这种只要喝了酒，就会连眼前事都忘光的人来说，能留下这段记忆可以说是个奇迹。具体去了哪家店自然不在话下，连当时在场的成员、谈话的内容我也记得一清二楚。当时圣诞节就在眼前，其中一位编辑送了礼物给我，我甚至还记得他送了我什么。

附带一提，当时大家谈论的话题跟约会有关。分别为四十多岁、三十多岁、二十多岁的三名编辑闲聊起约会的话题，但包括我这二十几岁的人在内，四个人全都不知道一般的约会是什么形式。我们这四个年龄层不同的人唯一知道的约会，就是"与异性去喝酒，然后直接到其中一方的家里留宿"。也只经历过这种约会。于是我说"一般的约会是什么样子呢？"

看电影……如果只是这样的话还可以想象，但是说到有的人约会会去兜风时，大家便全都开始困惑了："既然坐了车，那就肯定有确定的目的地吧……"现在回想起来，当时颇像是一个由约会观念相同的人组成的同好会。

那时的我们如今已各自从二十岁变成了四十岁，从三十岁变成了五十岁，当时四十岁的那位，最近也退了休。那时第一次吃到河豚的我，现在也是经常吃河豚，每到冬天非吃不可。

夏天虽然也吃得到河豚，但还是冬天的最棒。而且，我也渐渐发现，它的味道虽然清淡，却也能从中品得出好吃到离谱的店和不怎么样的店。不是价格的问题，重点就在这里。最重要的，还是可信赖者的口耳相传："某地某店的河豚特别好。"

二十多岁的我所不了解的河豚的清淡美味，现在终于体会到了。

只是我有另一个想法。在河豚套餐中，最美味的不是生鱼片，也不是油炸，而是在河豚火锅后吃的杂烩粥。

火锅之后的杂烩粥，好吃得没话说。不管是鸡肉锅、鳕鱼锅，还是海鲜锅，用它们制作杂烩粥凝聚了其中所有食材的美味，因此格外好吃。

而在这里我想大声地说一句："在所有杂烩粥中，河豚杂烩粥绝对更胜一筹！"

河豚火锅后的杂烩粥品相洁净却滋味醇厚，口感清爽却充满精髓的味道，这种美味究竟是从何而来？那是只有河豚才能释放出的味道。非河豚不可。

尽管自己应该比二十岁时更懂得河豚的美味，也敢拍着胸脯向别人推荐吃河豚的好去处，但是，作为保守的食肉族，我有时也会怀疑自己也许并不懂河豚的美味。因为从河豚生鱼片上桌开始，我的心里便只想着"杂烩杂烩，拜托，快上杂烩吧"。不论是河豚生鱼片还是油炸河豚，甚至河豚火锅，对我来说都是为主力杂烩粥的登场所准备的前菜罢了。为了让人想吃杂烩粥，所以才一边调节，一边用火锅来慢慢挑逗自己的味觉。

但是，仔细想来，这句话貌似道出了道理。

比方说，就拿我人生首次河豚宴上谈到的约会来说吧。看电影、兜风之类的活动，虽然都颇有乐趣，然而它们一定不是约会的真正目的。那只是为了增进彼此感情所必经的准备。说不定，为了迁就一次约会，恐怖片影迷不得已去看了爱情片，女性铁道迷不得不坐在汽车副驾驶座假装很享受。电影或是兜风，其实就等于河豚生鱼片、油炸河豚，或是河豚火锅。

真愉快。我一辈子都不会忘记今天。下次再约会吧。但是，真正的目的还在更前方。

那次，只经历过"喝醉后在对方家留宿"这种约会的四个年龄层的人聚在一起，说不定就是一场"踢飞前菜，从一开始就吃起韵味深远的河豚杂烩粥"的豪奢约会呢！

……总觉得这样的比喻好像有点……失当。

金枪鱼年龄区

提到握寿司，就会想到金枪鱼。说到生鱼片，还是金枪鱼。若是说寿司卷，就是金枪鱼紫菜寿司卷。鱼肉盖饭，则指的是金枪鱼刺身盖饭。

生金枪鱼就像这样，一直伴随着我长大。我有很多好恶的食物，其中金枪鱼一直位列我最爱食物的前端。吃握寿司的时候，父母会用他们的金枪鱼跟我的章鱼、墨鱼交换。叫外卖时，按人数点好握寿司后，一定会再特地为我点一份金枪鱼紫菜寿司卷。

由于自从童年时期开始，金枪鱼便太过贴近我的生活，所以我直到现在还是会有"先来盘金枪鱼"的心态。即使不经思考也会想要"先来盘金枪鱼"。在酒馆里点生鱼片时，只要有金枪鱼一定最先点。在只有"拜托寿司[1]"的寿司店，我也会很在意金枪鱼在什么时段上桌。

---

1. 编注：日文原文为"おまかせ"，指没有固定菜单，具体的上菜顺序、寿司种类全由主厨决定。许多高档寿司餐厅会采用此种方式。

我喜欢金枪鱼中腹，喜欢金枪鱼大腹，喜欢金枪鱼赤身[1]，喜欢加了酱油的金枪鱼赤身握寿司，喜欢葱花金枪鱼肚。

不管坐火车或搭飞机，抑或是到某地的郊外去，都得准备便当。我会到百货公司楼下的食品卖场，或是便当卖场，到处猎取目标，但犹豫再三之后，选的大多还是金枪鱼系列便当。比如金枪鱼刺身盖饭，或是纯金枪鱼肚、金枪鱼赤身握寿司。我是个众所周知的肉食爱好者，但是在这种特殊场合，我还是会选择最熟悉亲近的金枪鱼。

我母亲同样也喜欢金枪鱼，我家甚至有着过年吃金枪鱼的惯例。正月料理与年糕杂煮配上金枪鱼生鱼片。年底到鱼摊那儿看看就会发现，除了共同的正月料理与年糕杂煮，人们似乎分成了"蟹派"与"金枪鱼派"。这是关东才有的现象吗？

长大之后，第一次遇到葱段金枪鱼火锅时，我惊愕得说不出一句话。明明金枪鱼做成生鱼片这么美味，竟然把它给煮了！把这么甘美的金枪鱼大腹给煮了！

不过，第一次吃到的葱段金枪鱼火锅，令我衷心地感到好吃。实在太好吃了，自此之后，我在家也常自己做。用料越简单越好。只有大葱、芹菜、金枪鱼。用带少许苦味的芹菜也不错。不过，要我买金枪鱼大腹来做葱段金枪鱼火锅，说什么我也做不到。我几乎都是用带有油脂的金枪鱼幼鱼来混数。尽管如此，也已经够鲜美了。

说到金枪鱼，不能不提到三崎，它位于神奈川县三浦市。小时候我家离三浦海岸的三崎很近。孩提时代，我并不知道金枪鱼这么出名，

---

1. 编注：鱼身上较瘦的部分。

长大之后去到当地，才发现卖金枪鱼的店家鳞次栉比，市场里也在卖大块的冷冻金枪鱼。

插句题外话。我每年都会组个十人团体去一次温泉旅行。团体中我最年轻，半数左右都是七十岁的高龄长辈。这个温泉旅行团已经持续了十年以上，而这些团员到最后却不知为何产生了"吃遍天下金枪鱼"的想法。虽然每次的目的地仍不是箱根就是热海，但第一天都会先去三崎的温泉旅馆。

在温泉旅馆住上一晚后，第二天，大家浩浩荡荡地跑到街上，进入某人帮大家预约的金枪鱼料理店。我们几乎把二楼的座位全都包下了，尽管是大白天依旧开了啤酒，大啖起金枪鱼套餐。生鱼片有大目金枪、黑金枪、印度金枪、中落[1]、中腹、大腹等各个种类和部位，包括金枪鱼身上的珍品，心脏、鱼卵、尾部，还有金枪鱼颊边肉排。

看着面前一道一道的料理还没人动筷，其他的料理便也陆续上桌，金枪鱼宴上大家也跟着兴奋喧闹起来。很快地，啤酒被换成了热清酒，大家吃起生鱼片。但没过几分钟，场面却变得悄然无声，飘荡着一种"金枪鱼真是太好吃了"的气氛。

另一方面也因为所有料理被摆在了眼前，使人产生了一种"大饱眼福"的感觉，而且生鱼片太多了。大腹、中腹如果量少一点，还颇令人兴奋，但上了这么大一盘，使人看着就有些腻。尤其是我们几乎所有成员都是远离高油脂的高龄老人，而且生鱼片的盘子还没清空呢，金枪鱼釜烧又端上来了。巨型金枪鱼头头朝上被放在超大圆盘里端上了桌。

---

1. 编注：带肉鱼脊骨。

　　若是别的客人，看到这道菜时说不定会拍手叫好，气氛更加热烈。但是我们这群人凝视着送来的巨大鱼头，却是哑口无言。从开始入座只不过半个钟头。这时，不知谁蹦出一句：

　　"啊，真想吃一口鲜美的赤身啊。"

　　坐在金枪鱼专卖店，眼前罗列着金枪鱼全餐，却想吃金枪鱼的赤身，简直是个讽刺。

　　"听说在横须贺，有家元祖海军咖喱店哩。"某位七十岁老人冷不防说道。咖喱，好耶！众人立刻两眼放光。最可怕的是，我们快速解决完金枪鱼宴后，就马不停蹄地赶到横须贺。进入那家咖喱店之后，再次叫了啤酒和热清酒，点了生鱼片拼盘，最后以咖喱收尾。

　　若要我为金枪鱼的名誉说句公道话的话，金枪鱼的确是美味的。不管是釜烧、颊肉、中落都好吃。但是，它并不是全部一起上桌，供人狼吞虎咽的食物。我经常会想吃金枪鱼，但对那种全餐还是敬谢不敏。不管是大腹、中腹都应在"还想再来一片"之前结束，留下鲜美的回忆。

　　不过话说回来，我也渐渐迈向可以理解"宁可来一口赤身，也不要一二片金枪鱼肚"的岁数了。但之后能否继续一路高歌猛进，吃过金枪鱼后再吃上一份咖喱，倒又另当别论了。

神圣麻糬

我爱吃麻糬[1]。有多爱呢？爱到因为太喜欢而不吃的地步。

一年中，我只在一天买麻糬。就是除夕[2]。我会多买一点先冷冻起来，不过就算把它吃完了，我也绝不再买，直到下一个除夕。你一定会觉得，既然那么喜欢吃，可以把麻糬当作常备食品呀。但是，不行。

首先，如果冷冻库经常放着麻糬，我肯定会吃过量。早餐，杂煮。午餐，麻糬乌龙面。点心，矶边烧[3]。晚餐，会因为想吃麻糬而点上火锅，在火锅吃完后丢进麻糬。宵夜，矶边烧。以这种态势，必定会到吃麻糬吃得根本停不下来的地步。

因为麻糬吃太多而无限制地变胖是件非常可怕的事，但我更在意

---

1. 编注：糯米蒸熟后，用白反复捣出的具有黏性的食品。
2. 编注：在日本指阳历的 12 月 31 日。
3. 编注：用海苔将食材包起来后烧烤的料理方式。

的是，冒犯了麻糬的神圣性会让我有罪恶感。对，麻糬对我来说是神圣的。它不像豆腐或橘子，是可以每天吃的食物。只有新年到来，心中抱着"啊，正月到了！"的心情时才能吃。我无论如何也改不了这种观念。

你知道麻糬也分好吃和难吃吗？

超市卖的袋装麻糬，价格越便宜的越难吃。我听说葡萄酒的醇美也与价格成正比，麻糬也有这种倾向（虽然不像葡萄酒的价格差异那么大）。吃到难吃的麻糬时，那种失望之情难以言表。

离开老家之后，新年我通常都在自己的公寓度过。在穷困的二十几岁期间，我有一次为了省钱，吝啬地买了便宜的麻糬。除夕，我请了几个朋友在我住的公寓小聚，招待大家吃杂煮，等我自己也吃上的时候，心中不禁暗暗咒怨。因为以前我从没想过，这世上会有难吃的麻糬。

难吃的麻糬令人伤感，而若无其事地请朋友吃难吃的麻糬，更是丢脸。大过年被请来吃难吃的麻糬的朋友也很可怜。我当时真想抱膝缩在墙角把脸藏起来。

从此之后，不管再怎么穷困，我也不买便宜的麻糬。便宜的牛肉、便宜的卷心菜、便宜的味噌，我都无所谓。但只有便宜的麻糬不行。它只会令人悲伤。

那么，好吃的麻糬要从哪里买呢？从二十几岁开始，每到除夕，我就会在街上晃荡，寻找好吃的麻糬。虽然超市卖的高价麻糬也未尝不可，但我希望买到更有"现做"感的麻糬。

卖麻糬的地方，一般不是米店就是和果子店。这些地方卖的是"伸饼¹"。而且，果然比超市卖的高价麻糬好吃。但如果除夕当天不及早赶去而被人买光了的话，那就美中不足了。

我三年前搬到了现在的住处，最令人开心的是附近有一家叫作"麻糬家"的麻糬店，卖的是麻糬甜点与麻糬。"买麻糬应找麻糬店²"，果然麻糬店的麻糬才地道。光是家附近有间麻糬店，就令我觉得搬到这个街区真是好主意，虽然我只有除夕那天才会去买。

虽然这么爱吃，但我的吃法很固定。不是杂煮就是矶边烧。除夕那天买来冷冻的麻糬，大多就在那几天吃完。既没机会做成麻糬比萨，也不做焗烤麻糬，更没有想过麻糬食谱。

新年之后，在过成人节³时，我也会突然感慨："啊，好想吃炸麻糬。"在我老家，人们会把镜饼切开后风干，然后做成炸麻糬。麻糬，是我最爱的食品；炸，是我最爱的烹调方法。所以炸麻糬对我来说，是爱乘以爱的食物。自己做的炸麻糬，自然又比市面上卖的美味许多，吃得到热乎乎的麻糬就更棒了。

每年，我都抱着想吃炸麻糬的念头，自己却一直没做。一方面觉得过程很繁琐，而且炸麻糬好像很容易油星四溅，有些恐怖。所以我一直以来只在脑中想："啊，好想吃炸麻糬啊。有没有人做给我吃啊。"

去年，我因公访问中国，在那里我遇到了划时代的麻糬料理。

我与包含中国人在内的几个人到北京的中餐馆时，服务生端来了

---

1. 译注：日本麻糬因捣成的形状不同而有不同名字，伸饼是长方形，镜饼是圆形。

2. 译注：这句话是日本俗语，形容术业有专攻。

3. 编注：日本国民节日之一，庆贺男女青年年满20岁的节日。原为每年1月15日，现改为一月第二个周一。

一道神奇的料理。不知什么食材被切成了细丝，做成了极其纤薄的样子，在蒸笼里堆成小山一样高。"这是什么东西？"我问翻译。他回答："炸麻糬。"据说是当地的传统料理。

我吃了一片又薄又长的炸麻糬，满口芳香，带着微甜。放进嘴里的瞬间还酥脆着，一眨眼却融化了。口感丰富，好吃极了。"哦，真好吃。"我故作平静地说。实际上，我恨不得绕着整栋楼边跑边大叫："啊——，天啊天啊天啊！好吃好吃太好吃了！"由于我们坐的是中式圆桌，一不留神，炸麻糬的蒸笼已经被转到对面了。我不动声色，悄悄地转动桌子，让蒸笼靠过来，然后伸出手，一条接一条地吃着麻糬。然而，一旦没注意，那蒸笼便又转到桌子对面去了。我又小心翼翼地转动桌子接近麻糬……这么一来一往之间，不觉已筋疲力尽。同时又因为发现自己竟如此嘴馋，稍稍有点沮丧。

不过现在看来，那种又薄又细的麻糬，自己也不可能做得出来，所以当时还是应该再多吃点的。我又做出了如此反省。看来我果然是个嘴馋的女人。

菠菜说没问题

不知道大家心中是否有着"没问题青菜"。

没问题青菜，顾名思义就是只要吃了它就应该没问题了的青菜。身体虚弱啦，有点头脑不清啦，或是最近没吃青菜啦，这种时候，会不会有一种让你们感觉"吃了它就没问题"的青菜呢？

譬如，我的朋友把卷心菜当成没问题青菜。担心青菜不够时，就会用切成丝的卷心菜来补充。用西红柿的人也有，还有的人用南瓜。

我的"没问题青菜"是菠菜。只要吃了菠菜，就觉得一切问题都能迎刃而解。

当然我很明白，青菜不够、有点头晕，或是快要感冒的时候，并不是光吃菠菜就能解决的。必须均衡摄取肉类、其他青菜和米饭。但是，如果我现在想要吃点什么、给自己打打气的话，脑海中浮现的却不是肉，而是菠菜。（肉类由于平常一直在吃，所以不太有救急的感觉。）

为什么是菠菜？这不是受大力水手的影响啦。

现在虽然已经很少犯了，但十岁左右，我经常贫血，坐电车或走在路上时，会突然砰的一声摔在地。每次跟父母说"今天又贫血了……"之类的话，他们都会担心过度从而发起脾气来："不是叫你多吃点猪肝和菠菜吗！"那段时间因为太常昏倒，也去看过医生。除了吃药外，医生还给了我一张写有"最好补充点这些东西"的纸条，上面写的就是菠菜和猪肝。那时我讨厌猪肝味，所以拼命吃菠菜。晕倒的是我自己，我也想尽力改善，毕竟很丢脸。

十几岁的时候，几乎所有的青菜我都不吃。菠菜是少数我一点都不讨厌的青菜。余烫好吃，拌黑芝麻也好吃。用黄油炒一下也很好吃，用黄油炒过后，放进耐热器皿加颗蛋再烤一下也好吃。我家经常做菠菜焗烤，这也是我最爱的一道菜。把洋葱、培根和菠菜炒一炒，用白酱拌匀，撒一点奶酪放进烤箱烤，是十分简单的料理。不放通心粉也不放白饭，现在我也常做这道菜。

菠菜有涩味，这一点我直到自己下厨才知道。先余烫一次再烹调会比较好，但超怕麻烦的我总觉得"余烫一次"太麻烦了。反正之后还要加热嘛。所以我经常把菠菜切好后直接下锅。炒过之后，涩味倒也不太明显了。

我曾经失败过一次。只用菠菜和猪肉做了猪肉火锅。那时我也是因为嫌麻烦，菠菜煮都没煮，切好后就直接丢进了锅里，因为加了柑橘醋，吃到一半之后，也就没那么在意涩味了。

火锅吃完后，又想要做点杂烩粥。于是我把白饭放进去慢慢煮。但是没想到做出来的粥充满了菠菜的涩味，并且这涩味几近完美地与粥融为一体。就好像嘴被铝箔纸封住了一样，充满金属摩擦般的异样感觉，以及青涩的苦味。"呃！"我心想，"呃，难吃到不行。"

我对深绿色青菜有着盲目的尊敬与信赖。当然，其中也分为我喜爱与讨厌的。但是基本上，我对所有深绿色青菜的感觉并非喜爱或讨厌，而是彻底的尊敬、信赖。与其说是觉得它对身体有好处，不如说我是没来由地相信它们可以立即帮我解决体内令人烦恼的问题。

而其中，菠菜更是拔得头筹，获得我最大的尊敬与信赖。不过如果菠菜不是深绿色，而是白或淡绿色的话，是否还能获得"没问题青菜"的地位，我可就没把握了。

鱼白初级生

因为很像脑髓，所以我一直不想吃的食物有两种，一是菜花，另一种是鱼白[1]。菜花我直到现在也不喜欢（但我爱法式浓汤），而我对鱼白，却在相当久之前，有了"虽然像脑髓，但是好吃"的改观。

虽然喜欢，不过鱼白对我而言，是在饭馆里吃的菜。如果是从小就吃惯鱼白的人，会毫不犹豫地在鱼摊买了鱼白，泰然自若地把它放进锅里，或是做成味噌。但长大之后才认识鱼白的我等鱼白迷，就无法这么做。

第一，买不下手。因为在鱼摊卖的鱼白，看起来实在太像脑髓。买的时候不免胆战心惊。论斤卖的鱼白，我不知道一次该买多少才好，若是论盘卖的，那一盘似乎又太多了。

继而，若买回家该用来做什么料理呢？火锅吧，我只能想到这方

---

1. 译注：鱼的精囊。

法。就算回忆起在外面吃过的让身心都融化的绝妙料理，也没有把握自己能不能做得同样好吃。话说回来，鱼白该怎么做呢？

我记得第一次吃鱼白，是在居酒屋常见的鱼白柑橘醋渍。鱼白柑橘醋渍算是家常的美味。既有这种家常美味，也有外皮光滑紧实、口感无与伦比的高级料理式的美味鱼白。它们的做法有什么不同呢？

还有火锅。火锅里的鱼白也是家常的美味。

还有一种鱼白会令人大叫："哇，这是啥？太好吃了！"那就是寿司店里，撒了一层薄盐的炙鱼白。那真的是好吃极了，微焦处带着香气，从皮咬下，里面软嫩的部分随即涌出。盐则负责引出它的甘甜。

此外，还有两种鱼白杂烩粥，也会令人感动得流泪。

附近一家供应鲜鱼料理的居酒屋有一道鱼白杂烩粥，是在杂烩上摆着烤鱼白为点缀。把鱼白弄碎拌在粥里吃，既清新，口感又富有层次感，吃得根本停不下来。

另一道是在神乐坂名店吃的鱼白杂烩。这种杂烩被做成了意式炖饭的风格。将鱼白过筛，再混进杂烩粥里，既浓稠又有奶香，完美得让人有冲动拿它当一辈子的主食。不久前再去时，已经从菜单里撤掉了，真是遗憾。

不只是日料，西式餐点中也能用到鱼白。

我有一次在意大利餐厅的菜单上看到前菜有"嫩煎鱼白"，便点来尝尝，果然绝妙得让人仰天赞叹。表面有点脆，但一入口却软嫩滑润。这是哪个星球的美食！鱼白是什么呢？是精囊。没错，就是精囊。但是不管是精囊还是脑髓，我都不在乎。因为它真是太好吃了。而且据说它还有美容、防止肌肤老化的功效。

不久前，我终于鼓起勇气买了鱼白。

在清洗的阶段有点小灰心。因为鱼白好像是由一条筋系结起来的，就像附在鸡胸肉上的筋。想把它剥除，但又怕会把整条鱼白弄散。最后终于想到办法剥去了筋，清洗，沥去水分，果然分量还是多得出奇。不对，如果这些是鸡肉、猪肉，或是比目鱼、青蚶的话，其实算不上多。但鱼白这种食材，不可能一次吃这么多。我原本是为了学做嫩煎鱼白而买的，但以这个分量，做五人份的嫩煎鱼白都绰绰有余。

我取了一人份的量，加了盐和胡椒，拍上面粉，再用大量橄榄油煎。另外用意大利香醋与酱油拌成了酱汁。

这道嫩煎鱼白，果然相当好吃。以前一再嫌它像脑髓而不敢买，实在太傻了，好吃得令我一再悔恨。蘸了酱汁好吃，不蘸酱汁，最大限度地保持它的酥脆感，吃起来也很不错。

第二天，我把剩下的鱼白做成了"白白锅"。小锅里放进豆腐、葱、白菜、油豆腐皮、鱼白，用高汤和豆浆炖煮。哦哦，清一色的白啊。顺便再把萝卜泥倒进去，让它变得更白。最后撒一点细香葱，白白锅完成。

我用盐、盐味柑橘醋等白色调味料蘸着吃。盐味柑橘醋自然很美味，但就算只有盐，也十分够味。

不过，真的，我吃了两天，冰箱里还是剩着一些鱼白。

不熟悉鱼白的我忧愁地想，鱼白能冷藏保存多久？今天该怎么吃它？若是在鱼白高级生看来，这些都是荒唐到可悲的烦恼吧。

总之，我会努力在五年之后成为鱼白高级生的。我下次还会再买的，鱼白！

染上你色彩的魔芋

关于魔芋，你会想到什么？

我几乎没有想法。魔芋是一种不太会使人产生任何想法的食物。白白的，细细的，连味道都没有主张。所以我基本上也不会想"不管怎么样，我就是要吃魔芋"。

人们做土豆炖肉这道菜时，分为加魔芋派，和不加魔芋派。

我虽这么写，但并没有到"派"这么强烈。加也行，不加也行。我老家做的是不加魔芋的土豆炖肉。所以，长年以来，我也一直是这么做的。但有一次，我灵机一动，心想加一次试试吧。于是加了。哦哦！加了魔芋之后……老实说并没有什么惊人的发现。所以得出了这个结论：加也行，不加也行。

魔芋似乎是有点可怜的食物，但是，这么不可靠的魔芋，也会突然爆发出威力。在我迄今为止的人生中，曾经感受过两次魔芋的威力。

第一次是在高中时。从初中二年级起身材便如吹气球般发胖的我，到了高中二年级，体重也达到最高峰。由于读的是女校，在别校也没有心仪的男生，所以我对自己史上最胖的状态，既不感到焦虑，也不烦恼。但即使如此，身为青春期的女生，其实和其他人一样，也会想要变瘦。心里一面想着好想变瘦啊，一面吃着猪排咖喱或是意式焗饭；心里一面想着好想变瘦啊，一面在上午课间休息时间吃着虾条或乖乖；心里一面想着好想变瘦啊，一面在放学路上吃甜甜圈；心里一面想着好想变瘦啊，一面回家后吃起比萨面包；心里一面想着好想变瘦啊，一面狼吞虎咽地吃着晚饭。减肥方法中，有一种训练是想象自己瘦下来之后的形象。但就算绞尽脑汁想象着变瘦的自己，像那种吃法，当然也瘦不下来。不止如此，还会继续胖下去。

学校每年都有田径比赛。比赛设了各种项目，有些项目只要志愿者或选手出场就行，但也有些项目必须全体一起参加。比如五百米赛跑之类的。那年，看了我跑步的同学都对我赞赏有加。"厉害，挺能跑的嘛！"他们说，"比我们想象中跑得快耶！"

大家肯定很难想象，嘴里随时在吃东西、胖得圆滚滚的我竟然能跑。嘿嘿，我傻笑着，默默下了决心，还是努力变瘦吧。

我向母亲宣告，我要开始减肥。母亲强硬地跟我说，不吃东西的减肥法绝对有害，并且帮我设计了减肥菜单。一日三餐全是海带芽沙拉、豆腐料理、煮青菜这类食物。每一样我都不爱吃，最后我只照着减肥菜单吃了一两天就放弃了（真不好意思写出来）。里面唯一一道中吃又中用的菜，就是魔芋炒鳕鱼子。由于魔芋本身没有什么味道，所以鳕鱼子的味道便凸显了出来，再加上魔芋弹滑的口感，很是美味。

因为太好吃了，我决定要把它当作减肥的主食。于是，母亲天天帮我做鳕鱼子意大利面或是鳕鱼子魔芋，也常常放进便当里。没想到魔芋是这么好吃的东西啊，我感觉像是发现了新大陆。虽然实际上好吃的也许是鳕鱼子。

从结果来说，我虽然吃着鳕鱼子魔芋，但也吃其他的菜，而且零食也没戒，所以一点也没瘦，倒是过了一段时间，母亲和我都吃腻了鳕鱼子魔芋。即使如此，这期间也是我人生中，与魔芋的第一次蜜月期。

鳕鱼子魔芋从餐桌上消失后，魔芋对我而言也成了可有可无的食材。经过了二十年以上的岁月之后，我与魔芋的蜜月期再次来临。

现在我爱着魔芋。在家里做寿喜烧时，魔芋又一次大显身手。

以前，我做寿喜烧时也会放魔芋，但是至于为什么要放，我却不太清楚。寿喜烧的主角再怎么说都是肉。而且有人说在肉的旁边放进魔芋，肉质会变硬。而我对此的看法是："按照惯例，魔芋是必须放的食材所以才放的，但也会因此影响到肉质，确实有点麻烦。"

但某天，我发现了一件事。没有魔芋的寿喜烧根本不能算是寿喜烧！猪肉或鸡肉都是肉，选谁都行，但是魔芋就是魔芋，绝不能少。

不知为何我突然觉醒，认识到了寿喜烧中魔芋的美味，而且毫无缘由。

以前，一起吃火锅的朋友如果夹太多肉，我会略感不爽。那时候的我还年轻。现在，如果有人把魔芋吸进嘴里，我会给他一个白眼。真的是长大了啊……

你并不是喜欢魔芋，而是喜欢混在魔芋里的鳕鱼子，喜欢魔芋中浸染的油脂吧。请不要这样指责我，正因为魔芋有着能够轻易被许多食材浸染的随和特性，我才爱它。

豆腐的存在价值

热爱肉和油的我，完全无法理解豆腐有什么存在价值。

究竟豆腐这种东西是为了什么而存在呢？你若说，它是制作麻婆豆腐和味噌汤的原料，好吧，这我承认。但是，凉拌豆腐、汤豆腐[1]呢？这些食物只不过把豆腐切了切凉拌一下或是简单煮熟，这种菜都能被放入菜单，说得过去吗？

应该是那样吧。凉拌豆腐、汤豆腐都是厨师偷懒时的一大法宝，对吧？当餐桌上看起来冷清，可再做一道菜又嫌麻烦时，就会想到"啊，有豆腐嘛，这样的话马上又能变出一道菜"。豆腐只是为了这种原因，才会存在的吧。我心想。

但是，凉拌豆腐、汤豆腐也会堂而皇之地出现在居酒屋的菜单上。太过分了。只不过切了几刀，就能和土豆炖肉、南瓜可乐饼、炖杂碎

---

1. 编注：用海带汤煮豆腐，再加入酱油和作料食用的菜肴。

等费功夫的料理在菜单上平起平坐，实在叫人难以容忍。

不过，这些凉拌豆腐或汤豆腐，铁定有人点。究竟为什么？我总是觉得不可思议。你想想看，那可是豆腐哎！我知道我有点啰嗦，但是它们只是切一切然后凉拌或煮一下就做好了的东西。为什么这么简单的东西，还要特地到店里吃呢？

因为太不可思议了，我自作主张地下了结论。我认为在居酒屋点凉拌豆腐和汤豆腐的人，要不是因为患病必须限制卡路里，就是想表态"我就是爱清爽口味"。虽然这结论相当无理可循。

爱豆腐等同于口味清爽本就是个偏见，但是，如果表态"我最爱吃肉"，就会给人一种近乎野兽般野蛮的印象。但相对于此，表态"最爱豆腐"的人，则会给人一种有气质、冰清玉洁、连心地都洁白无瑕的印象。不会吗？反正我是这么感觉的。可能是嫉妒吧。

正因为这个缘故，在居酒屋吃饭时，就算桌上摆了凉拌豆腐或汤豆腐，我也绝不碰它们，连看都不看一眼。

豆腐就在这种缘由下，遭到我毫无道理的漠视，存在价值完全得不到认可。

去年冬天，别人送了我一个小锅（可煮一人份料理的陶锅）。由于我不想一个人吃火锅，所以不时在考虑要用那个小锅来做点什么。忽然心生一念：要不，用它来做个汤豆腐吧。我一点也不爱吃汤豆腐，但以那个锅的大小，能做的东西除了汤豆腐之外，一时也想不到其他了。

把海带铺在锅底，将切好的豆腐轻轻倒入锅里，用小火慢慢炖煮以免沸腾过度。在豆腐开始晃动时关火。蘸上柑橘醋吃。

当时，一阵冲击袭过全身，我呆住了，差点连筷子都拿不住。

真、真好吃。

我一直轻视豆腐，不承认它的存在价值。但这又白又软嫩的食物，真、真好吃。太好吃了！

我慌了手脚。因为，我完全没有预料到豆腐会这么好吃。明明单纯只是为了活用小锅才做的食物。但是，真是太好吃了。滑嫩又温暖，稍有的一丝甜味也被柑橘醋勾引了出来。不，就算没有柑橘醋，它也一样好吃。

我吃着豆腐，忙不迭地开始思考。

觉得豆腐好吃，一定是我老了吧，饮食的喜好变了吧。话虽如此，我还是个可以天天吃烤肉的肉食爱好者。不过，肉虽美味，豆腐也可口。是因为这只陶锅好呢，还是我无意间买到了上等的豆腐（以肉来说，就是松阪牛肉[1]级）呢？我不断转动着大脑。但是豆腐的鲜美阻止了我的思考。"管他的呢，反正好吃。"于是我继续吃豆腐。

那年夏天，我也吃了很多次凉拌豆腐。凉拌豆腐中，不论是柴鱼丝加葱姜的基本口味，仔鱼加葱的变形版本，加了泡菜小黄瓜的韩国风，还是辣椒油、榨菜、葱再加上小黄瓜的中国风味都很好吃。但我发现，简单的只蘸盐吃也十分可口。天天在肉和油中打滚的我，竟然会津津有味地吃起豆腐蘸盐这种白上加白的食物……心底真是感慨万千。

今年又到了汤豆腐的季节。看到店里摆出的豆腐，我不再觉得它是"无味无趣无油的白色物体"，而是吞着口水想，这是多么美丽的

---

1. 编注：最顶级的牛肉，被称为"三大和牛之首"，其余两种为神户牛和米泽牛。

食物啊，并且也在心底深深地道歉。对不起，从前不曾承认你的存在价值；对不起，没有察觉你的美好和独一无二。豆腐没有责怪我。岂止不责怪，它还静静地让四十年来一直瞧不起它的我，品尝它的丰饶滋味。

明星西蓝花

在我讨厌青菜，拒绝吃它们的时期，我没有见过西蓝花。当然，名字是知道的，也晓得料理方法。但是，我认为这辈子应该与它无缘。

过了三十岁，我开始吃青菜时，母亲会随意在菜单中加上一道美乃滋拌西蓝花鳕鱼子。话虽如此，我们当时没住在一起，所以一般是在我们在其中一方的家里小聚时，母亲会在晚餐时为我做这道菜。把余烫过的西蓝花，拌上鳕鱼子和美乃滋，做成一道简单的、连料理都称不上的菜。

对年过三十早已成年的女儿采取这种行为，实在有点过分。但母亲就是母亲，应该是见我开始吃青菜了，觉得有机可乘，企图让我也爱上西蓝花。因为搭配的鳕鱼子是我热爱的食物，母亲的阴谋成功了，我开始吃西蓝花了，就算没有鳕鱼酱汁也能吃。

但是能吃并不代表喜欢吃。吃是吃了，但心情上，我还是认为西蓝花跟我无缘。

尽管意识中与它无缘，但不知道是什么心理作祟，我做遍了跟西蓝花有关的料理，真是不可思议。

就像你有个很麻烦的朋友，但嫌他麻烦的这种念头，让你产生了罪恶感，于是比起其他朋友，你反而跟他更亲密。这是同样的道理。

就像有人讨厌洗澡，但是一直不洗澡可能会变得很糟糕，于是他带了本书进澡缸，泡得比别人还久。同样的道理。

并不是想要克服，也并没有什么必要性，而是对它们心怀歉疚……这么说最为贴切。

我做过前面提到的鳕鱼子酱汁；有时是将西蓝花蒸了，淋上鳀鱼酱；或者把西蓝花放在锅里用法式清汤煮一下，随后切碎，加入牛奶，做成简单的法式浓汤；或是把西蓝花切碎，放进土豆沙拉；还有用西蓝花加上虾仁、水煮蛋，拌入美乃滋做成沙拉；也可以拌入金枪鱼美乃滋，用奶酪包起来烤成简单的焗菜；要是用西蓝花做主菜的话，则可以与牛肉一起用蚝油去炒；加上香肠和胡椒等香辛料炒成西式风味；也可以油炸，做成西式的天妇罗。

那些来我家参加过几次聚会的朋友，由于每次都能看到西蓝花被端上桌，似乎误以为我爱吃西蓝花。其实这是个误会……

总觉得有些内疚……抱着这种心思，我一再地让它出现在餐桌上。而每出现一次，都提醒我"啊，果然跟它无缘"。无缘的意思就是说，可吃可不吃，无法非常喜爱。西蓝花的烹调方法无限多，虽然不像白菜、萝卜那样清淡，但不管什么素材，不管什么调味料，它都能凑合着搭配一下。尽管如此，不论它与什么素材、什么调味料搭配，我还是无法"非常喜欢"。就像第一次用鳕鱼子美乃滋的味道压过西蓝花般，吃土豆沙拉时便用土豆味压过它，吃炒牛肉时用牛肉味压过，吃西式天妇罗时就用面衣压过。

但是，最近，我和西蓝花的关系起了变化。近乎零的缘分开始萌芽。

契机就是便当。

晚饭吃不完，丢了又嫌浪费，于是三个月之前，我开始带便当到办公室去。试做了几天之后颇有乐趣，于是开始天天带。本以为"自己做的便当，里面的菜色和味道都了然于心，一定很乏味吧"，结果并非如此。当我准备用心做便当时，发现仅靠晚餐的剩饭已不敷应用，于是我会在前一天把便当要用的菜准备好。

刀始便当生活之后，我察觉到一件事。那就是西蓝花真是便当界的巨星。

日本的便当，我觉得它宿命中便背负着"暗褐色"印象。炸鸡块、汉堡肉、炖煮、照烧鱼、姜烧全是暗褐色。就算靠玉子烧增添了一分黄色，也缺乏华丽感。据说我小学时（自己已不记得）曾对母亲说："其他同学的便当比我的漂亮。"母亲不服气，于是此后十二年在做便当时，都特别留意色彩的搭配。（长大之后，她执拗地跟我唠叨过很多次、很多次。）

没错，世上许多的便当师为了逃离便当宿命性的暗褐色，都曾艰苦奋战过。而西蓝花便是他们的好帮手。

在我自己做便当之后，我才发现把芦笋放进便当中后，芦笋原有的绿会褪去，最终埋没在褐色中。卷心菜在炒过后，颜色也会无限接近于褐色。莴笋则只能独立作业，不能变成一道菜。菠菜虽可保持鲜绿，但拌上黑芝麻的话也会成为褐色系，做成快炒又多少有些麻烦。萝卜叶、小油菜与小鱼干和油豆腐皮一起炒过后非常下饭，但不知为何也会变成土里土气的颜色。

因此轮到西蓝花上场了。虽说用西蓝花做费工的料理，也会瞬间染上褐色，但是如果仅做简单处理，比如与少量的黄油一起放进微波炉加热一下，便仍能保有清澈的鲜绿，加在便当里，就能让整个褐色大地焕发华丽的生机，就连蛋的黄色也会被它瞬间激活。换句话说，越是偷懒它越美丽。西蓝花真是伟大啊！

我现在经常用西蓝花，但和从前的心态大不相同了。现在我对这位便当中的明星满怀感激，应该是我与它之间孕育出了未曾有过的缘分之故。

特别的记忆

|奇妙的是，原来"好吃"的感觉是全世界共通的。|

伤感、滑稽与南瓜

我对南瓜并没有特别深厚的感情，但不知何故，却有些关于南瓜的特别记忆。

其中一个，是在十九岁时，我在当时交往的男友家中做煮南瓜的记忆。

这么写的话，看起来好像是段引人遐思的小故事。但在我心中，它其实是段超现实主义的记忆。第一，当时我还住在家里，料理一概不会做，连米都没洗过。但为什么会做煮南瓜呢？当然是为了讨好那个男友吧。为了讨好他所以做菜。思考着男生会喜欢的料理，我才做了南瓜吧。

但是，只做煮南瓜的话，男生不会如你所愿对你心怀感激哦。如果是现在的我，会对十九岁小丫头这么说吧。我会说，如果想做什么炖煮料理给喜欢的男生吃，可以做土豆炖肉啦，或是卷心菜卷，最保险的是咖喱，虽然不是炖煮。总之，一定要做可以配饭的菜。光是南瓜，也不能配饭吧。做那种菜，年轻小伙子不会高兴的啦。

十九岁，不解人情，连米都没洗过的小丫头，做出来的南瓜会是什么味道，我不愿想象，反正我没试味道。

更超现实的是，那时候，男友并不在屋里。我拿着男友给我的备用钥匙进了房间，煮了南瓜。咦，好像不是。虽然我是去找他玩的，但他有事便独自出门了，而我在那里等他。总之，屋里只剩我一个人。而且后来男友没回来，我把煮南瓜留在锅里，回去了。而这象征着恋爱的终点。毕竟热恋中的男生怎么会把女友一个人留在屋里，自己出门呢？所以，我有生以来第一次做的煮南瓜最后怎么样了——他是吃掉了还是丢掉了——我也不晓得。

理所当然，连米都没洗过的小丫头，不可能靠煮南瓜留住恋人的心，后来没过多久我就被甩了。但是，我想就算那时我做的是土豆炖肉、卷心菜卷，或是咖喱，又或者我的厨艺多么高明，还是一样会被甩吧。所谓恋爱的尽头，就是这么回事。

另一个记忆，是第一次买微波烤箱的时候。那年我三十岁。当时我突然没了工作，积蓄也用尽了，因此打了快半年的工。我用打工赚的钱买了微波烤箱。因为我一直用着的微波炉只有加热功能。

母亲听到我买了烤箱，立刻动身到我的住处来，说要教我做菜。那时我和母亲一起做的是醋渍鲭鱼和墨鱼饭，另外，还有焗南瓜。

母亲有一道招牌料理，叫南瓜盅，就是将鸡肉馅与青菜碎末塞进南瓜中去蒸，然后淋上酱汁吃。我记得当时好像原本是求她教我那道菜来着。但不知是因为麻烦，还是想做些耳目一新的料理，母亲没做南瓜盅，而是做了焗南瓜。

切去南瓜顶部，把里面挖空，然后填入用奶酪烤过的虾仁和蘑菇，再铺上奶酪，放入烤箱，大概就是这样的一道菜。而且真的非得用烤箱才做得出来。

这段往事为什么会成为特别的记忆呢？主要是因为，为了做料理而去买菜的时候，我跟母亲起了点小口角。

母亲对我买的每一件东西，不是嫌它不对就是哪里不好，全是否定的意见。我心里一烦便说了"我有我的做法，希望你不要多嘴"之类的话。我并没有用很凶的口气，但没想到还是伤到了母亲的心。母亲一受打击，就会变得闷闷不乐。她委屈地怏怏说道："是吗，的确是啊。你已经一个人生活那么久了，一定有自己的方法了。"做菜做到一半时又重复了一遍。那天，她只把菜做好，几乎什么也没吃就回去了。

我吃不了那么多，只好叫了朋友来，用醋渍鲭鱼、墨鱼饭和焗南瓜下酒。

自那以后，母亲不断地提起："当时你说过自己有自己的做法嘛。"絮絮叨叨了近十年。想象得出这句话真的伤得她很深。我知道虽然从年纪上来说有些晚，但那句话就等于是我无意识的独立宣言。而在母亲看来，我这个女儿当时是在告知她"该放手了"吧。

因为这个缘故，那天从南瓜盅改做的焗南瓜，成了特别的记忆。

当我回想起这些关于南瓜的回忆，总觉得既伤感，又有些说不出的滑稽。而这"既伤感又滑稽"的感觉，跟南瓜松滑甜软的味道莫名地十分相配。

蓦然间，我想起鱼喃桐子的漫画《南瓜与美乃滋》，那也是一部既伤感又滑稽、令人难忘的好漫画。各位如果有机会不妨看看。

昭和卷心菜

很久以前我就觉得，卷心菜真是个天才。

即使是讨厌青菜的我，从小对卷心菜也很熟悉。不管什么料理，卷心菜都能很自然地融入其中，不彰显自我，不论任何形式、任何口味，都能改变自己。然而，卷心菜也并非毫无个性，其他的食材全都无法取而代之。

如果卷心菜从这世界上消失，那么随它一同消失的料理也一定很多。卷心菜卷没了、回锅肉[1]没了、大阪烧没了、炒青菜没了、卷心菜沙拉没了。不只如此，卷心菜虽然不是主角，但如果少了卷心菜，有人就没办法做日式炒面和法式蔬菜牛肉浓汤了。炸猪排的受欢迎程度也一定会比现在低很多。没有卷心菜的世界，想必既冷清又悲惨吧。

---

1. 编注：日本的回锅肉虽是从中国传入的，但经演化后稍有不同。日本的回锅肉会放卷心菜。

但是，在各国料理中备受青睐的卷心菜，却有种无法与全球化这等字眼兼容的乡野气质。撇开在意式汤面里大展身手，在鳗鱼意大利面中占有一席之地的卷心菜不谈，单就昭和与平成这两个时代来说，卷心菜绝对与昭和的味道更加搭调。这都是因为它有种说不出的寒酸味儿吧。

不，寒酸的气质并非来自卷心菜本身的资质，而是在我们能想到的寒酸食物中，总是会出现卷心菜的身影。

在被我视为圣经的藤子不二雄先生的《漫画之道》这本漫画中，卷心菜是这么出场的。从故乡富山[1]上京的满贺道雄和才野茂离开了亲戚家，一同在常盘庄展开了生活。他们在公共厨房做菜时，常会出现卷心菜。在他们搬家的第一天，也切了大量的卷心菜丝。

我从这套漫画中，第一次知道卷心菜可以做成味噌汤。从此以后我也经常做。而且，会觉得卷心菜有昭和味道，也是受到这部漫画的影响。

但是，卷心菜还在其次，我倒是觉得世上少有作品能像这部一般，把贫穷描写得那么有魅力。它透着一种"若为了从事喜欢的事业，光吃炒卷心菜拌饭也行"的清新之气。此处描绘的卷心菜，充满了梦想、未来、希望与潜力。

豆芽菜虽与卷心菜同样廉价，但在感觉上有着少许微妙的差异。吐司边、豆渣也同样不同。卷心菜那种供人痛痛快快地剥了又剥，却总剥不尽的密实感，与极大的营养价值，以及超强的饱腹感，其中哪怕只有一个条件不符合，就不能表现贫穷的丰富性。

---

1. 编注：富山县，日本本州中北部的县，一级行政区。北濒富山湾。

说到这里，我想到一则很久之前的新闻。在美国曾经风靡过卷心菜娃娃，在日本也看得见。那个娃娃做得一点都不可爱，宛如一个真正的婴儿。我记得制作者是个从小便听人说婴儿是从卷心菜中诞生的人。

剥开卷心菜叶片的时候，会有种里面包裹着什么东西的感觉，不管是梦想还是希望，还是小宝宝，我觉得都一样。那些翠绿的叶片像是小心守护着善良而非邪恶，未来而非过去，守护着有价值的东西，而非一片空虚。

虽然并非这个原因，但需要使用一整棵卷心菜时，我不太喜欢用菜刀垂直切开，而总是把叶子一片片剥下来使用。

有趣的是，就算剥了又剥，卷心菜还是保持着原有的形状。直到最后的最后，只剩下两三片叶子，在内侧也能包裹成一个圆，像是在保护什么一般。实在可爱极了。

我的冰箱里一年到头都会放着卷心菜，不过虽然很多料理都会用到它，但其实我最讨厌切丝了。像是炸猪排店里提供的那种如针般纤细的卷心菜丝，我如何也切不出。试着切的时候，我的动作会特别缓慢。切丝最有趣的本应是它的节奏感，然而像我这样"咔嚓……咔嚓……"地一刀一刀慎重地切下，不但不好玩，也少了做料理的激昂感。而且切得这么慢，不但切出来的丝会很粗，还很容易切到手。

我也想过，不如干脆不要切丝了，或是用莴苣、沙拉叶菜来代替吧。但是，像可乐饼、炸猪排、炸肉排或是苏格兰蛋这种料理，还是必须用卷心菜丝才行。

卷心菜丝切好直接用，与浸过冰水再拿出来，味道完全不一样。

所以，在肉排下锅前一段时间，就必须把卷心菜切成丝，浸在冰水里，然后捞起来沥干。这种程序也很麻烦，对我这种毫不遮掩的"怕麻烦"的人来说，虽然大部分的程序都可以毫不介意地直接省略，但过冰水绝对省不得。

坐在刀工笨拙但好歹切成丝的卷心菜，以及心爱的炸猪排面前时，我经常会想，如果现在炸猪排消失，只剩下卷心菜，并且每天都必须吃它的话，大概只有年轻时候的我才会说出"即使过这种日子，我也有想做的事业"这种话吧。我不知道年轻时就遭遇过这种状况，到底是幸还是不幸。不过我认为，这确实是个非常有利的经验。

原点牛蒡

虽然可以自然而然地把它买回来，自然而然地用它做菜，但牛蒡真是种怪异的食物，对吧？又长又细，又沾着土。市场里虽然也卖没沾土的牛蒡，并且那种确实比较省事，但是不知是什么缘故，买的时候我总是选择有土的。在厨房水槽里冲洗它上面的泥土，对我来说本是件非常麻烦的工序，但我却一直这么做到现在，仍未嫌烦。这表示我已经非常习惯牛蒡了吧。

不太熟悉芋头的我，将为芋头清洗泥土、剥皮视为一种麻烦。另外对于不习惯法国洋梨的我来说，要帮那外表奇特的水果剥皮，也是非常麻烦。

然而，我习惯了牛蒡。因为，二十六岁那年，我有生以来第一次动手做的料理，就是"牛蒡的八幡卷[1]"！

---

1. 编注：因京都的八幡市为牛蒡的产地，故得此名。

　　二十六岁以前，我没做过菜，至于我心血来潮突然开始想学做料理的理由，我在很多地方都写过、说过，大家可能已经知道，不过我还是在这里简略地提一下。那一年，我与厨艺高超的男友分了手，而且害怕写小说（遭到批评）。小说写不出来，一整天无所事事。我厌倦了这样的日子，于是想道：那来做做菜吧。无所事事地度过一天，晚上就喝酒入睡，与一天做点什么菜这两种生活方式，相比之下，后者看起来更有建设性。就算是错觉也无妨。

　　虽然有了下定决心学做菜的理由，可是要从什么菜开始呢？我一面翻着刚刚开始独自生活时母亲给我的厚重食谱，一面思索着。

　　一般来说，初学者都会从难度较低的菜肴开始学。嫩煎鲑鱼、蒸鸡肉、汉堡肉等等。可是我却一咬牙，决定从看起来很难的菜开始。一方面这样更能切实地感受到每日的成就，另一方面我认为，一开始就咬牙学做最难的料理的话，以后再要学其他料理也就简单了。

　　于是，我选了那本食谱中难度最高的一道菜，牛蒡的八幡卷。将牛蒡切成十厘米长，放入加了醋的开水中煮熟，然后倒入高汤和酱油腌制、冷却。牛肉切成薄片，用生姜汁、酱油、酒腌制，入味之后，将牛蒡卷起，然后用酒、砂糖、味醂、酱油炖煮成甜咸可口的炖煮料理。

　　现在回想起来，这道菜的难度也并不算很高，但对从来没下过厨的人来说，"提前烫过"或是"腌制冷却"或是"入味""边烤边煮"等，每一个动作看起来都很高深，所以我才立刻决定，好，就做这个！看我的！

　　第一次按照食谱做的八幡卷，没想到竟然很成功。这道菜如果做失败的话，对我往后的料理人生应该也会产生很大影响。但因为做得好吃，心中便也得以确信"按食谱上写的方法做绝不会失败"。从此之后，我不写小说，专心学做料理。一到傍晚就去买菜，然后把那本食谱翻开，有时做炖菜，有时做汉堡肉、做饺子、做味噌煮鲭鱼。三个月，我过腻了不写小说的生活，便又再次提笔来写，但料理还是坚持在做。现在我多少还依旧喜欢着料理，这全是因为第一次做八幡卷便成功了的关系。

母亲的拿手菜很多，所以，如果问我"怀念的滋味是什么"，我经常答不出来。母亲从不矫正我的偏食，一味地做我爱吃的菜给我吃，所以在我印象中每道菜都很好吃。不过，每当脑海中闪过母亲做的料理时，我经常会在其中看到牛蒡。例如牛蒡胡萝卜天妇罗。如果前一天没吃完，第二天它就会被做成咸甜口味的料理放进便当中。因为这么一来，我就会连讨厌的胡萝卜也一起吃下去。也正是如此，母亲才经常做它吧。牛蒡与猪肉做成的柳川风味锅[1]也经常出现在我家餐桌上。这道菜极为简单，说起来可以算是懒人料理。用陶锅或铁锅煮一锅高汤，铺满薄片猪梅花肉以及大量的牛蒡，用酒、酱油、味啉调味，然后开火煮。水开了之后，撒一些鸭儿芹，打颗蛋把汤收干。虽然很简单，但非常好吃。用牛蒡与小鱼干做的什锦饭也同样简单。

说到这里我想起一件事。有一次，我在家里做寿喜烧，邀请来的朋友除了带了酒和小菜当伴手礼之外，还买了一大把牛蒡来。"我来帮忙。"她轻声说道，便在厨房把牛蒡削成薄片。我问她这是用来做什么的，她说："哎？寿喜烧里不放牛蒡吗？"

---

1. 译注：江户风味的汤，将肉和牛蒡煮成甜咸口味，最后打入一个鸡蛋做成的料理，都被称为柳川风味。

往寿喜烧里放牛蒡的做法，我还是第一次听说。不过真的很对味。原来她家的寿喜烧，就一直都放牛蒡。

咖喱中适合放牛蒡，我也是在长大之后才知道的。把莲藕、牛蒡、胡萝卜、芋头等根茎类的材料，加上猪肉薄片，用外面买回来的咖喱块熬煮，最后再加一些味噌。这么一来，咖喱霎时间就会变成和风根茎蔬菜咖喱了。

就像我从没注意到帮细长的牛蒡清洗污泥时的麻烦一样，我也从未意识到自己对它是讨厌还是喜欢。然而回溯记忆时，却发现牛蒡其实是我爱做菜的原点。不知为什么，我就只做过那么一次八幡卷。这两天再来做做看吧，说不定会惊讶地发现，原来烹煮这么简单的一道菜，竟需要那么大的决心呢。

添岁与山葵

山葵，在我小时候，是任何人都会直接拔了来吃，所以不知不觉中我也开始吃它。随着我年岁的增长，山葵的重要性也在一点一滴地提高。

十几二十岁的时候，我认为山葵纯粹只是一种调味料。我从没认为这种调味料，能像酱油、西式酱汁那样左右食材的味道。一勺酱油能让料理的味道完全变样，但我不相信山葵具有这等实力。因此我当然对山葵毫无兴趣，不但不知道山葵本尊长什么样子，还无动于衷地使用管状山葵酱。

二十几岁时，有一次一位年长的编辑带我去了一家寿司店。当他跟我说"有一次我一走进别家寿司店，还没开口点呢，店家竟然二话不说就拿出了外面卖的那种山葵（也就是管状山葵）"时，我暗暗在心里吃了一惊，近乎惊慌地连问两声："啊，那，哪一种才对？哪一种才好？"当然，他带我去的那家寿司店用的是生山葵。

所以，我可能是从那一刻开始，才能清楚地分辨生山葵与非生山葵的不同。

话虽如此，当然，我并没有像那位长辈那样，以后再也不信任不用生山葵的寿司店。

但是，渐渐深究之后，山葵在我心中的地位猛地一下提高了许多。三十岁之后，我也开始光顾非回转的寿司店，并且发现那些客人络绎不绝的寿司店，百分之百都用生山葵，也明白了两种山葵之间的风味和口味截然不同。生山葵的浓郁，和其独特的"通畅感"格外深奥。

然后，到了三十五六岁时，我对山葵渍[1]的情感突然觉醒了。

我父亲非常爱吃山葵渍，每次到伊豆、热海一带，必定会买了带回家，也经常有人送他。晚酌时可以稍尝两口用来下酒。儿时我曾尝过一点点，辣得我直叫。之后我便相信，这东西绝不会走进我的人生。

我所在的温泉旅行团成员多为六七十岁的老人。当我们到热海温泉时，一行人走进荞麦面店，在荞麦面之前点了山葵渍、鱼板、玉子烧、天妇罗，喝着温酒闲适地吃了起来。我照例没理会山葵渍，主攻天妇罗、玉子烧，同时慢慢啜酒。这时有位七十岁的成员对我说："这东西很好吃哦，不妨试试。"他的吃法是将山葵渍放在鱼板上，然后滴一点酱油。因为看起来很不错，我便也试着吃了一口。鼻中的呛味加上酱油的甘甜，再啜一口温酒。咕嘟。老爸，就是它吗？你当时吃的就是这种味道吗？嘴里细细咀嚼时，我默默想道。这山葵渍，还真

---

1. 编注：将山葵的根和叶切碎，放在酒糟中腌渍而成的食品。

是不懂喝酒，哦不，应该说不懂品酒的人无法领略的东西啊。

后来的某天，一位爱好美食的女编辑带我到另一家寿司店去。最后一道卷寿司她点了"只包山葵的海苔卷"。虽然是第一次吃，但可真是爽口又美味。

之后又有一次，与前面提到的那个老人团再次去温泉旅行时，一位七十多岁，前文艺酒馆的老板娘带来了"只包山葵的海苔卷"。我们在旅馆房间里边喝边吃。果然与酒很搭。里面只放了山葵也可以吗？我刚开始也有点犹豫，但只有内行人才知道，海苔卷一定要点这道。

去那位女编辑介绍的居酒屋时，我吃到了山葵饭。这种饭里用的不是绿的山葵，而是西洋山葵[1]，白色的。刚蒸好的白饭与淋在饭上的西洋山葵快速搅拌一下，再滴一点酱油，便可开动。

这口味，太神奇了！那辣味岂止扑鼻，简直就是"咚"的一记重击。不过十分美味。它的味道与辣气在整个口腔和鼻腔扩散开来。好吃、好吃！随即趁兴又扒了一口，"咚咚"，眼泪都被辣出来了。

因为既美味、富有冲击感又辣得过瘾，我们呼呵呼呵地哈着气，边笑边流着泪把它一口气吃光了。

前面提到过的成吉思汗烤羊肉店里偶尔也有山葵饭，我若发现就会点来吃。不过没有那么呛辣的口味。

意大利面，也有山葵口味。我在广尾一家以法国菜为基调的创意料理餐厅吃到过。配料竟只有山葵和切片紫苏叶。与只包山葵的海苔卷原理相同，是简单极致的美味。

---

1. 译注：即辣根，现多用来制作仿日本山葵的芥末酱。

这间餐厅的大厨在杂志上介绍过山葵意大利面的做法。他说在家吃的话可以用管状山葵。将山葵、盐、无盐黄油与海带茶[1]混成酱汁，再把煮开的意大利面放进去搅拌，最后摆上切片紫苏叶即可。就是这么简单。

我试着做了一下，用管状山葵也非常可口。

当我一回神时发现，随着年龄增长，山葵在心目中的地位正在逐渐爬升。

不久前，我又去了一趟热海。回来时买了山葵渍。突然灵机一动，做起了山葵渍海苔便当。将山葵渍涂在白饭上，再把蘸过酱油的海苔摆在上面，即是海苔便当。

便当很糟糕。并不是难吃，而是非常不妙。因为它被我做成了一款无酒不欢的便当。

---

1. 编注：把海带研成粉末，再加入食盐制成的茶。

豆子，你好

在我心中，有些食材大概一辈子都会与我不合，那就是豆子。我虽然喜欢纳豆、毛豆，但对大豆等干燥豆类，却一向没什么好感。首先，味道和口感就不行。此外，我觉得爱吃豆有种虚伪的味道，所以不喜欢。当然那是我的偏见。我甚至还认真考虑过，最后觉得我自己应该不会喜欢那种在下雨天煮一整天豆子的女人。

两年前，一个朋友向我说起，她在每日的菜单中加入了豆子料理，随即自然而然地瘦下来了。好吧，我也来吃豆子吧。我拿定了主意后便去买了大豆。泡了一晚上水，第二天用高压锅煮了，做成五目豆[1]。不论买干燥的豆子、泡水还原、煮豆，以及做成豆子料理，都是我生平第一次。

---

1. 编注：将大豆与胡萝卜、牛蒡、藕、海带等一起煮制的菜肴。

纵使是生平第一次做，我的什锦豆还是漂亮地成功了。我不爱吃甜的，所以按自己的喜好减了甜味，做得相当可口。然而遗憾的是，即使那么成功美味的什锦豆，我依然不喜欢。"做得很完美，但是我不觉得好吃。"我在心中这样嘟囔着，并且领悟出："不是这什锦豆不好吃，而是我讨厌豆子。"当时，我淡淡地想，我应该不会再去买干燥的豆子，也应该不会再做豆子料理了吧。豆子，再见。

然而，我也不懂什么原因，到了今年，我在工作中忽然心生一念："想吃点什么豆味的东西。"豆味的东西，也就是豆子。不过，"想吃豆"这个念头令我犹豫再三，所以才换成了"豆味的东西"这种说法。

我把刚写完的原稿保存关闭，开始上网搜寻"豆子料理、食谱"。啊，有了有了。做沙拉，做汤，做炖煮。豆子的种类也远不止大豆而已，红芸豆、红豆、鹰嘴豆等琳琅满目。我想吃的不是咖喱或汤，而是更有豆味的东西。这个想法把我自己都吓了一跳。最后，我决定来做豆子沙拉。

那天，我生平第一次买了红豆，生平第二次把豆子泡了水，睡觉。第二天，生平第二次用高压锅煮了豆子。

参考网络食谱所做的豆子沙拉，是用红豆掺入金枪鱼罐头、洋葱碎丁、四季豆、小西红柿，将它们搅拌均匀，然后用油、盐、醋，以及胡椒来调味。其实是道很简单的沙拉。

很好吃嘛。

这是我吃了之后的第一个念头，然后又对自己会有这种想法大吃一惊。

我这种人、我这种人、我这种人会觉得豆子好吃！因为太吃惊，心里还为此找了个借口："会觉得好吃，是因为里面有金枪鱼罐头的关系。换句话说，我觉得好吃的，其实是金枪鱼罐头里的油。若是没有金枪鱼罐头，铁定再怎么样也吃不下去。"好长的借口。

但是，因为太好吃了，第二天我又把它放进了便当。

食谱上说剩下的豆子应连同汤汁一起冷冻。我乖乖照做。第二周，我做了鸡肉豆子西红柿汤。这是一道将炒过的大蒜和辣椒、鸡肉、西红柿，以及之前剩下的豆子，放入肉汁清汤中简单煮一下便可的汤品。

啊，豆子还是好吃。

不对，好吃的应该是鸡肉。这如果是纯豆子煮的汤，铁定再怎么样……（以下借口省略）

豆子全部吃完之后的一段时间，我把豆子抛到脑后，又回复到原本的肉、肉、肉，偶尔吃鱼的生活。这样的自己让我安心。

然而，我的豆子欲又再次开始蠢动。

我想吃豆。突然这么想。啊，好想吃豆。

但是，豆子这玩意儿必须要泡一晚上，就算想吃，当天也吃不到。那天，我生平第二次买了大豆，生平第三次把大豆泡水，第二天，生平第三次煮了豆。而且做的是意式大豆汤面。我只是把之前汤里的鸡肉换成了培根，又增加了蔬菜。不过还是好吃。豆子，好吃得令人困惑。不对，但这一定是因为培根……（以下省略）

之后，我去旭川出差时，独自到当地素以美食闻名的居酒屋里喝了一杯。当时端出的下酒菜是煮豆。

这道煮豆，明明只是豆子，明明只是豆子，明明只是豆子，却好吃得不像话。

　　我向老板娘请教做法，她说："只用酱油和醋煮。""因为豆子、酱油和醋都只从自己满意的店家买，所以做出来的东西才会好吃。"老板娘如是说。这煮豆一吃下去就停不下来。哎，真苦恼。而且这次不能再拿鸡肉和金枪鱼当借口了，豆子确实是太好吃了。

　　我决定投降。我爱上豆子了。过了四十岁后，身体开始渴望健康的食物。认了吧。我和豆子是相容的。

　　最近这几天，我又想吃豆了。想立刻吃到它，等不及浸水那些程序，所以买了水煮罐头。我把豆子和冰箱里剩下的洋葱、青椒，做成了一道简单沙拉。这么简单的懒人沙拉竟也好吃无误。我有点小小的感动。当然，豆子还是自己亲自泡开的更好吃，但是渴求豆子的时候，用水煮的也没有问题。

　　如果我坐上时光机回到过去，见到二十岁的我时跟她说："你二十年后会爱吃豆子哦。"我想那家伙可能会一边嚼着肉，一边笑着回答："我会爱吃才怪呢。"

全世界的乌鱼子

　　有没有人讨厌乌鱼子呢？乌鱼子乃是日本三大珍味之一，有着独特的口感和风味，不过并不像另一种珍味海参肠那样使人惊艳。所以应该不会有人讨厌，而只是分成喜欢吃和对它毫无感觉（不吃也行）这两种人吧。

　　我属于喜欢吃那一类。我喜欢乌鱼子，但是，虽然喜欢，却并不想天天无止境地吃。切成薄片的乌鱼子，吃个两三片就够了。我对乌鱼子的这种感觉，也许是我自己的穷酸性格使然。爱吃乌鱼子、又没穷酸性格的人，一次可能就会吃掉一整块的一半吧。但是，这种吃法，难道不会流鼻血吗？

　　我在家里吃晚饭时，通常会喝红酒。坦白说，乌鱼子与红酒并不搭。在家里如果想把乌鱼子做得好吃，最好的方法还是搭配切成薄片的萝卜，再配上日本酒。而且，就像吃蟹时，一定会有人说"螃蟹会令人沉默啊"一样，吃乌鱼子时也一定会有人喃喃道："当大人真好。"这才是正确的吃法。

我一直这么以为的。但去意大利旅行时却大吃一惊，原来他们也有乌鱼子。意大利的乌鱼子叫作"bottarga"。那里的餐厅里有掺了乌鱼子的奶油意大利面，也有盐味意大利面。

那里的市场里乌鱼子卖得很便宜，我买了一些。回到日本后，立刻依样画葫芦做了乌鱼子意大利面。因为便宜，胆子也大了，唰唰唰地将乌鱼子切成薄片，混入奶油意大利面中。光是这样，就能成就一道浓重奢华的意大利面。

乌鱼子不论做成西式还是日式都不错啊。才刚这么想，这次又在台湾遇到了乌鱼子。在台湾大家也吃乌鱼子吗?

台北的迪化街，是一条干货店、茶叶行、中药材店等密集林立的商店街。我一踏进此地，兴奋指数就飙升到了危险状态。信步走进店里，听从店家建议各种试吃试喝，确认了价格后，买了一大堆茶叶、虾干、果干和调味料，满载而归。然后我才注意到，那里也有不少卖鱼翅和乌鱼子的店。

我虽也喜欢鱼翅，但不知道怎么烹调，因而跳过。我的兴奋指数回到了正常值，瞪大了眼睛盯着乌鱼子瞧。大小和价格也形形色色，不过庆幸的是标示都很清楚。最后我选了个价格中等的。虽是中等，实际上也相当便宜。

附带一提，这条迪化街的一角，有一间霞海城隍庙。这里祀奉的好像是为人牵红线的神明。仔细一瞧，果然年轻女孩摩肩接踵地到访。想必成就良缘的比例很高吧。

乌鱼子因形似中国墨而得名，因此在中国找得到也不足为奇。但是意大利也有乌鱼子这件事，确实不可思议。我查一下才知道，并不只是意大利，希腊、土耳其、法国、西班牙，还有埃及，都有乌鱼子。在这些国家旅行时没在市场看到，可能只是不凑巧吧。日本最高级的乌鱼子产在长崎，而那些国家同样也有供应高级乌鱼子的地方。

全世界都在吃乌鱼子。这么一想颇有奇妙的感觉。到底是哪里的人想出"把乌鱼（或其他鱼）的卵巢用盐腌起来，再脱盐晒干"这种方法呢？

更奇妙的是，原来"好吃"的感觉是全世界共通的。

日本三大珍味中的海胆、海参肠，别国的人未必都觉得好吃。中国台湾的臭豆腐也算是珍味的一种，但恐怕欧洲人不会喜欢。欧洲的蓝纹奶酪也是因人而异吧。

不过，世界各地拥有不同饮食习惯的人们，却全都会做乌鱼子，吃乌鱼子。理由只有一个，好吃。真是太棒了。

自从在意大利旅行遇到乌鱼子之后，我决定抛弃乌鱼子最好配日本酒的成见。虽说它与红酒配起来还是很勉强，但配上白葡萄酒、香槟、气泡酒都很适合。

朋友送我的乌鱼子，现在还收在我家的冰箱里。不久前，我一时心血来潮，做了一道"全世界意大利面"。

在煮意大利面的同时，将纳豆、小鱼干、高达奶酪[1]、梅海带茶粉放进碗里，搅拌均匀。加入橄榄油和一点点香醋，滴一滴酱油，然

---

1. 编注：原产于荷兰的硬质天然奶酪。

后把煮开的面倒入其中。使劲搅匀后盛到盘里，最后，再用刨丝器将乌鱼子豪迈地撒在面上。就全世界的规模来说，食材的种类还是有限，但起码，它用到了我家冰箱里的全世界尽可能广泛的食材，请将就一下吧。

换一种说法，这是一道冰箱剩菜意大利面，不过非常好吃。乌鱼子，真棒。

萨摩扬故乡与萨摩扬宇宙 [1]

　　在二十岁之前，我一直住在老家，从来没搬过家。而且我从小学到高中，都上同一所学校，这十二年间，认识的转校生只有两三名。这意味着什么呢？那就是我是在不了解其他文化的情况下长大的。

　　我上的大学人数众多，俗称"猛犸学校 [2]"。当然学生的家乡也遍布各地。我在这里第一次认识了来自北海道、三重、大阪、青森、广岛的同学。高中毕业前本根本没怎么好好念过书的我，从朋友的出身才知道了四国的存在（四国的朋友，不好意思）。

---

1. 译注：天妇罗在日本的关东与关西指的是不同的东西。一般关东地区的天妇罗是将食材裹上面粉和蛋液后油炸的料理，写作"天妇罗"。而关西的天妇罗，则指的是一种炸鱼饼，写作"萨摩扬"。
2. 译注：日本因应战后婴儿潮，而收纳大量学生的学校。由于人口众多，因此以巨大的猛犸象来形容。

话虽如此，但在二十多年前的一九八零年代，关东圈和其他地方并没有那么大的差距。几乎没有人用故乡的方言说话，大家从小到大看的电视节目或听的音乐也都一样。

在学校生活中，与其他文化接触机会最多的，是在饮食方面。

我到现在还记得，和一位九州同学到居酒屋去的时候，他随口点了萨摩扬。我下意识地脱口说道："哎？萨摩扬？"他开玩笑说："谁叫我是九州人呢！ [1]"

家住关东的人说到萨摩扬，只会想到关东煮或其他炖煮。不，也许具有这么狭窄印象的只有我一个人，总之，它不是日常食物。拿烧烤过的萨摩扬，蘸着山葵酱油吃，或是配点生姜入口，这种吃法是我第一次尝试。很好吃。比煮的风味更胜，而且更有嚼劲。

就在这时，我才意识到，在教室里一同学习的同学们，都与我有着完全不同的饮食文化和饮食习惯，突然有种当头棒喝的感觉。各位，你们真了不起，我默默地想着。因为他们全是只身来到陌生的土地上开始生活，夹在熟悉与不熟悉的饮食文化中，各自寻找折中点。住在自家的我，从这时开始才真真正正对独居的他们感到尊敬。虽然我也在两年后，二十一岁时，离开家开始一个人生活。但在饮食文化上，却仍是从一开始就已经协调，无须再适应了。

几年后，我去泰国旅行时，遇到了与萨摩扬非常相似的食物。这里的萨摩扬有点辣，要蘸上酸酸甜甜的甜辣酱吃。刚出锅时最是美味。这是一种用鱼浆炸成的食物，叫作"托托曼普拉 [2]"。人在异国发现

---

1. 译注：萨摩即九州的旧称。

2. 译注：Tod Mun Pla，以下称为泰式炸鱼饼。

与自己家乡的食物相似的食物时，总会觉得喜出望外。

学会做菜之后，我做了萨摩扬，也做了泰式炸鱼饼。直接用从市场上买来的鱼浆来做，非常简便。不过，若能自己把鱼肉剥下，用料理机打成鱼浆，便更是别有一番风味了，尤其是做萨摩扬的时候。然而由于太麻烦了，我只这样做了几次。

泰式炸鱼饼是在鱼浆中，加入四季豆、辣椒粉、鱼露、酒、砂糖、淀粉后，揉成丸子进行油炸，不会失败。将爱吃辣的我搞得无法自拔，没加甜辣酱便全部吃光了。

亲自将鱼打成鱼浆做的那几次萨摩扬，只是为了体验一下那个过程才做的。虽然成果不错，但还是提不起兴致每次都自己做。毕竟在鱼店、百货公司或是通过邮购都能买到许多可口的萨摩扬。

将萨摩扬稍微烤一下，就能做成我年轻时所吃过的那道菜，真的很方便。工作忙碌，但桌上只有一两道菜，看起来太冷清，希望再加一道只需简单处理的菜时，它是最适合的角色。若是呼朋引伴来家里聚会，作为主菜旁的小吃，它也意外地大受欢迎。

此外，做便当时，萨摩扬也很方便。开始便当生活之后，我发现了很多事情。"萨摩扬适合做便当"也是其中之一。它本身即有饱腹感，不论与青菜一起炒还是煮都很下饭。凉着吃也不减风味，这也是我给它打高分的原因。

然后是儿时吃惯了的关东煮。关东煮中的萨摩扬不管怎么吃都还是那么好吃。我尤其爱吃加了红生姜的生姜天妇罗。

牛蒡天妇罗、小鱼干天妇罗、蔬菜天妇罗、章鱼天妇罗，将这些食材组合在一起，就会成为无边无际的萨摩扬宇宙。

每次吃萨摩扬时，我总会想起那个在居酒屋点萨摩扬的男生。

十八岁就离开习惯的饮食文化，独自一人搬到首都生活。对他们而言不管是萨摩扬，还是生鱼片、白饭、鸡蛋、豆腐、青菜，明明都是家乡的口味最好吃，却还要辛苦地习惯东京的这些食物。我的思绪如此飞驰着，心中重新升起了对他们的尊敬，并且这份尊敬越发地强烈了。

纳豆指标

　　有些人一见到在日本生活的外国人，一定会问："你有没有哪种不敢吃的日本食物？"并且实际上那些人早已期待着外国人回答"纳豆"。一旦外国人皱起脸说，纳豆恶心，又臭又黏又恶心，他们便会开怀大笑。这是为什么呢？

　　那种东西，吃不习惯的人肯定会觉得恶心吧。别说是外国人了，关西人也有很多不吃纳豆。虽然我从来没问过，但我想偶尔也会有适应性很高的外国人说："我爱吃纳豆。"这么一来，那些发问的人便更加喜出望外了："哦，你敢吃纳豆呀！"那种玩意儿，真亏你会喜欢啊！

　　你们可能会以为，毫不客气地管纳豆叫"那种玩意"的我不敢吃纳豆吧。其实不然，我常吃纳豆，吃的频率太高以至连对它是好是恶都没考虑过。自懂事的时候开始，我家的早餐桌上就放着纳豆。什么臭啦、黏啦、味道重啦，我想都没想过。直到市面上推出"不臭纳豆"这种商品时，我才大惊："原来一般人觉得纳豆是臭的！"对于不喜欢就着菜吃白饭的我而言（总之，没有鱼粉拌紫菜[1]就吃不下饭），纳豆是帮助消耗白饭非常有效的食品。

我们家的纳豆里只加葱花和蛋黄，我从没思考过自己到底喜不喜欢这种吃法。直到我搬出去住之前，我一直下意识地相信，只要吃的是日式早餐，全日本的百姓都会这么吃纳豆。日本全国，不论男女老幼，在早餐时都吃着只加葱花蛋黄的纳豆。

说到纳豆的话题，你们就可以知道高中毕业前的我，活在一个多么狭隘的世界之中。

上了大学后，认识了来自全国各地的同学。我十八岁时才第一次知道有人不吃纳豆。那些人并不是在早餐中剩下纳豆不吃，而是在他们家的早餐中本来就没有纳豆出场的机会。原来有些家庭即使吃的是日式早餐，里面也不包含纳豆。

从十八岁开始，纳豆就成为我扩展世界的指标。我心中认为扩展世界就是离开出生的家，单独投身到充满未知的大海，了解父母所教诲的常识不等于世界的规范，打破他们定下的道德藩篱，独自建立新的常识与道德规范。

有人既不加葱花也不加蛋；有人重视纳豆的黏性；有人不放葱花，而只放入一整颗蛋。在快餐店、居酒屋有金枪鱼纳豆或墨鱼纳豆这种在食材中加入纳豆做成的料理。然后，有人讨厌纳豆。

---

1. 编注：一种撒在饭上吃的日式粉状食品。

继而，朋友教给了我纳豆意大利面、纳豆炒饭，还有纳豆煎蛋饼的做法。还有人告诉我纳豆放进味噌汤也很好吃。我在某连锁咖喱店见到了有人点纳豆咖喱，知道了荞麦面店有纳豆荞麦面这种料理，还知道了可以在油豆腐皮中塞进纳豆和切碎的梅干拿去烤，从而做成一道菜。还认识有一种超豪华五色纳豆，是在纳豆上摆上墨鱼、柴渍、泽庵渍、葱、蛋做成的。然而，不管做成什么料理，讨厌纳豆的还是大有人在。

我战战兢兢地打破心中的纳豆常识，嫌切葱麻烦，那就不放。丢掉蛋白只用蛋黄太浪费，便也不放。但是，纳豆自始至终还是纳豆。而且虽然没有细想，但确实好吃。在纳豆里放点泡菜，好吃。放点仔鱼，好吃。不用酱汁，用盐来做做看，好吃。改成夜里吃，便又听人家说夜里吃有益肌肉生长。纳豆竟能塑造肌肉！宿醉的第二天早上，不用来拌饭而是光吃纳豆，昏沉感好像也会减轻许多。然而，依然有人讨厌纳豆。

啊，世界多么广阔啊！而且，纳豆多么自由啊！

以前我没注意过，直到长大后，我对纳豆的喜好才渐渐形成。我喜欢小粒纳豆，磨碎的或大粒纳豆我都不太喜欢。

此外，别人教我纳豆料理时我都会试做。唯独纳豆意大利面，再怎么做都不觉得好吃。纳豆炒饭倒是做得还不坏。炒饭时，先在平底锅内把油烧热，纳豆放进去后不要打散，等到两面煎得有点焦时，便会香气四溢。只不过做完纳豆炒饭后，整个厨房都会飘着一股狐臭味，算是美中不足。

我在学生时代特别偏食，几乎所有的青菜都不吃。朋友们千方百计让我吃青菜。不过，我则就算再怎么喜欢吃纳豆，就算对健康有益，就算可治宿醉，也绝不会勉强讨厌纳豆的人吃。因为，站在全世界的角度来看，纳豆的确是一种怪食物。

是的，认识到纳豆是一种"怪食物"，也是我游到"世界之海"之后的事了。

后记

　　我既不挑嘴，也不是馋鬼。和任何人一样，喜欢美味的食物多于难吃的食物。有时也会吃到不好吃的食物，也喜欢垃圾食品，偶尔吃吃加了化学调味料的料理，用麻痹了的舌头笑着说："真好吃。"

　　我虽然用的青菜和调味料都是在绿色食品店买的，但那主要是因为那家店离我家很近。肉则在肉铺买，鱼在鱼摊买，因为我不喜欢超市的嘈杂。为了家人，我会想做些有益健康的菜。但一个人的时候，天天吃肉也没有问题。关于食物，我没有什么强硬的理念。

　　这样的我，在饮食上也有一件事绝对不能让步。那就是到了吃饭时间，无论如何不能不吃饭。省掉一顿更是万万不可。

　　吃饭的时间因各人习惯而异，我的话是七点（早饭）、十二点（午饭）、七点（晚饭）。只要偏差两小时，我的心情就会陷入绝望。

　　有一次，某人说："我还没吃午饭。"我一看手表，四点。那个人没当回事，我却无法保持平静。因为我不知道如果陷入"自中午已过了四个小时，还什么东西都没吃"与"再过三个小时候就要吃晚餐了，所以不能吃太多"的两难境地，该怎么办才好。我很想摇晃着他的肩膀大声对他说："拜托你想想办法吧！"甚至有的人沉迷于工作，连晚饭都忘了吃。我无论如何也无法相信，世上会存在那种"沉迷"。从小到大，我从没有沉迷一件事到忘了吃饭。

即使失了恋、生了病，该吃饭的时间还是会吃饭。肚子就算不饿，也多少吃一点。工作会议若指定在上午十一点，或是下午五点，我就会如坐针毡，午饭怎么办，晚饭怎么办，担心得不得了。但是如果问别人："午（晚）饭怎么打算？"就好像在说"快点下班去吃饭吧"，所以不能明讲。上午十一点的会议，若预定下午两点结束的话，我会在会议前先吃午饭。下午五点的会议，若预定晚上七点结束的话，我也会事先决定会后去哪里吃饭。

就算说只要等到下午三点就能吃到一份无与伦比的蛋包饭，我也宁可选择十二点整去吃一碗难吃的拉面。我只是讨厌饿肚子。上午十点肚子饿无可奈何，只好忍耐，但到了吃饭时间，我绝不允许不合理地饿肚子。

因为这个缘由，只要没有特殊状况，这么多年来，我每天都按规律吃三顿饭。与执行编辑决定开始一轮新的连载，内容为"确定某种食材后，写出与它有关的回忆"时，我心想写到一半肯定会没题材可写了，但其实意外地写了下去。这也许是拜我每天吃三顿饭所赐吧。

我说过，我从前偏食，不吃蘑菇、青背鱼、珍味，以及几乎所有的青菜，直到三十岁才克服这个毛病。但我并不觉得偏食可耻，也并不认为那是种浪费。但是，三十岁开始能吃许多东西之后，我从心底感到庆幸。从"不能吃"转变为"能吃"的时候，我心中产生了排山倒海般的感动。与食材的相遇，就和与人相遇一样，会留下强烈的记忆。

每次听到当了母亲的朋友抱怨说孩子好恶的食物太多时，我总是说："没关系，放心吧。"只吃肉、蛋和碳水化合物的我，还是健康地长大了。她们的儿子或女儿，有一天一定也会带着某种感动，与之前从不敢吃的食材相遇。

听说吃着美食，人就没办法发脾气。这么说的话，说不定人在想着美食时，也无法产生愤怒之类的情绪。当我一边回想着至今吃过的、做过的、受过款待的种种美食，一边写着这篇稿子时，心里总是充满了幸福感。如果各位能一面回忆着至今吃过的美食，一面饱含幸福地读这本书，我也会很开心。诚心感谢负责企划的美食大臣武居瞳子小姐，以及阅读本书的所有读者。谢谢各位。

角田光代

图书在版编目（CIP）数据

今天也谢谢招待了 /（日）角田光代著；陈娴若译
. — 北京 ：北京联合出版公司，2015.4
ISBN 978-7-5502-4532-7

Ⅰ．①今… Ⅱ．①角… ②陈… Ⅲ．①散文集－日本
－现代 Ⅳ．①I313.65

中国版本图书馆CIP数据核字(2015)第011742号

本简体中文版翻译由台湾远足文化事业股份有限公司授权
北京市版权局著作权合同登记 图字：01-2014-8325

未讀 UnRead | 文艺家　　　　　关注未读好书

今天也谢谢招待了

作　　者：〔日〕角田光代
译　　者：陈娴若
出 品 人：唐学雷
策　　划：联合天际
特约编辑：郝　佳 单元皓
责任编辑：李　伟 刘　凯
美术编辑：王颖会 董　良
封面设计：满满特丸设计事务所

北京联合出版公司出版
（北京市西城区德外大街83号楼9层　100088）
北京慧美印刷有限公司印刷　新华书店经销
字数150千字　880毫米×1230毫米 1/32　7印张
2015年4月第1版　2015年4月第1次印刷
ISBN 978-7-5502-4532-7
定价：39.80元

联合天际Club
官方直销平台